제인
오스틴을
읽다

세계문학을 읽다 1

제인 오스틴을 읽다

천민진 지음

JANE AUSTEN

머리말

제인 오스틴의 소설들이 창작 후 200년이 지난 지금에도 '고전'으로 사랑받는 이유는 그녀의 소설이 시대를 뛰어넘어 보편적인 삶의 지혜를 다루고 있기 때문이다. 제인 오스틴의 작품들에는 각기 다른 가정 배경과 성격을 지닌 여성 인물이 등장하지만, 결국 사랑하는 사람을 만나 결혼까지 이르는 과정 속에서 내적으로 성장하는 여성의 이야기라는 공통점이 있다.

물론 여성이기에 겪을 수밖에 없었던 당시 사회적 제약으로 인해 이야기의 공간은 가정 안으로 한정되어 있고 이야기의 결론이 결혼으로 귀결된다는 한계가 있지만, 고전으로서의 가치는 이야기의 결말이 아니라 과정에 있다. 단순히 운명적으로 자신의 짝을 만나 결혼에 성공한다는 신데렐라 스토리가 아니라 '연인'이라는 인간관계를 맺고 결혼까지 나아가는 과정에서 나를 깨닫고 타인을 통찰하는 '지인(知人)'의 지혜를 담고 있다.

제인 오스틴의 작품은 사랑을 통해서 어떻게 나를 알게 되는지, 사랑하는 대상을 선택하기 위해서 타인을 관찰하고 분별하는 능력이 왜 중요한지를 생각해 보게 한다. 또한 진정한 성장은 자신의 결핍을 깨달아야 하는 고통이 따르지만, 그 고통이야말로 완성된 사랑을 위해 반드시 필요한 과정임을 우리에게 보여준다. 그리고 이러한 삶의 지혜와 함께 여성이기에 겪는 사회적 한계와 그 안에서 살고 있는 우리의 삶을 돌아볼 수 있는 기회를 마련해 준다.

안타깝게도 창작 당시로부터 200년이 지난 21세기를 사는 여성들에게도 결혼이라는 제도가 갖는 의미와 제약은 크게 달라지지 않은 것 같다. 물론 제인 오스틴의 소설 창작 당시에는 여성이 사회적 신분을 유지하고 경제적 안정을 찾을 수 있는 유일한 방법이 결혼뿐이었지만, 지금은 결혼만이 유일한 길은 아니기에 표면상의 자유를 얻은 것처럼 보인다. 그러나 근본적으로 결혼 제도 안에서 여성이 갖는 약자의 위치는 변함이 없다.

'이말삼초'라는 말을 들어본 적이 있는가? 이말삼초는 대학교 2학년 말 3학년 초에 연애를 못 하면 대학교 졸업까지 연애를 못 한다는 우스갯소리다. 보통 3학년이 되면 학점 관리와 취업 준비에 부담감을 느껴 마음에 여유가 줄어들기 때문에 이런 표현이 생긴 것이다. 그런데 여성들에게는 이 '이말삼초'가 적용되는 또 다른 시기가 있다. 바로 이십 대 후반 삼십 대 초반이다. 결혼 시장에서 끝물이라고 지칭하는 시기, 결혼 제도 안에서 여전히 선택을 받는 입장이기에 자신의 시장가치가 떨어질까 불안감을 느끼는 시기인 것이다.

제인 오스틴의 소설은 사회제도 안에서 여성이 겪는 불평등과 억압을 보여주는 동시에 여성의 성장을 함께 다루고 있다. 이 책을 읽는 사람들이 제인 오스틴과의 만남을 통해 나의 삶을 돌아보고 성장할 수 있는 소중한 시간을 가질 수 있기를 바란다.

차례

01

제인 오스틴의 삶과 작품 세계

1. 제인 오스틴의 삶 속 중요한 키워드

사람은 누구나 일생을 살면서 타고난 기질, 가정환경, 성장 과정에서 만나는 인연, 크고 작은 사건, 사회적·역사적 변화 속에서 자신의 삶에 대한 가치관을 형성하게 된다. 이와 관련하여 먼저 제인 오스틴을 대변할 수 있는 몇 가지 키워드를 통해 작가 이전에 한 인간으로서의 제인 오스틴을 만나보자.

① 전형적인 젠트리의 삶

제인 오스틴의 소설에는 신분의 차이를 둘러싼 사교계의 교류, 연애와 결혼 문제가 많이 등장한다. 제인 오스틴이 신분 차이에서 오는 일상의 다양한 불평등, 차별 등을 소설에서 다룬 것은 당시 계급사회였던 영국이라는 배경을 고려하면 당연한 일일지도 모른다. 그러나 신분의 차이에서 오는 인간의 오만함과 열등의식, 상류

층이 가져야 할 교양과 지식, 신분 계급의 허상 등을 작품 속에 녹여낼 수 있던 것은 그녀의 가정환경과 관련이 깊다.

그녀는 스티븐턴의 교구 목사직을 지낸 아버지의 영향으로 '젠트리(gentry)'의 삶을 살았다. 젠트리는 생계를 위해 노동을 할 필요가 없는 상류층이지만, 그중 가장 지위가 낮아 귀족과 중산계층의 중간 위치에 있다.

이 중 목사는 생계 수단이 되는 교구(일반적으로 목사직은 교구에서 거둘 수 있는 십일조 등의 후원금으로 생계를 유지)를 관리할 수 있어, 특히 지역의 유지를 부모로 둔 경우 목사를 직업으로 선호했다고 한다. 당시 목사의 평균 연간 수입은 한 교구를 기준으로 적게는 100파운드에서 많게는 1000파운드 정도였다.

그녀의 가족 관계를 살펴보면 큰오빠인 제임스 오스틴 역시 아버지와 마찬가지로 목회자의 길을 걸었고, 그녀의 바로 위 오빠인 프랜시스 윌리엄 오스틴과 남동생 찰스 존 오스틴은 해군이었다고 한다. 해군 역시 넉넉하진 않지만 사회적 지위를 유지할 수 있는 직업 중 하나였다.

② 두 번의 인연과 독신의 삶

첫 번째 인연은 제인 오스틴의 유일한 연인으로 알려진 톰 리프로이(1776-1869)다. 그녀는 자신의 가족과 친분이 있던 목사의 조카로 알려진 톰 리프로이와 1795년에 만나 교제를 시작하지만, 남자

쪽에서 더 나은 집안과의 결혼을 원해 결국 헤어지고 만다. 톰 리프로이와의 원치 않은 이별은 제인 오스틴의 연애와 결혼에 적지 않은 영향을 미쳤을 것이다. 《설득》의 남녀 주인공이 집안의 반대로 헤어졌다가 다시 만난다는 설정은 이런 작가의 개인적인 삶과도 연관이 있을 것으로 보인다.

두 번째 인연은 해리스 빅위더(1781–1833)로, 1802년 당시 27세이던 제인 오스틴은 어린 시절부터 알고 지낸 친구의 남동생인 해리스 빅위더로부터 청혼을 받는다. 해리스 빅위더는 상당한 재산을 가졌지만 매력이 없고 따분한 사람이었다. 그녀는 그의 청혼을 받아들이지만 바로 다음 날 마음을 바꿔 거절했다. 1801년 아버지의 은퇴 후 경제적 사정이 더욱 불안정해져 그의 청혼을 수락하긴 했으나, 애정 없는 결혼의 파국을 너무나 잘 알기에 하루 만에 청혼을 거절한 것으로 추측된다.

그녀의 언니 카산드라는 목사인 약혼자가 있었으나, 그가 서인도제도에서 열병으로 죽은 후 독신으로 살았다. 제인 오스틴은 언니인 카산드라에게 많은 의지를 했으며 실제로 그녀가 쓴 대부분의 편지 수취인은 언니 카산드라였다. 제인 오스틴의 경제적 여건과 지위를 생각했을 때 독신의 삶을 산다는 것은 쉽지만은 않은 선택이었을 것이다.

2. 제인 오스틴 작품의 가치

제인 오스틴은 10대 후반부터 소설 습작을 시작했지만, 작가로 데뷔한 것은 35세의 나이였다. 20대부터 출판을 시도했으나 여의치 않았고, 그녀의 데뷔작인《이성과 감성》이 출판 후 큰 인기를 얻자 나머지 작품의 출판이 이전보다 수월해진 것으로 보인다.

제인 오스틴은 생전에 '레이디'라는 가명으로 4편의 소설을 출간했고, 사후에 2편의 소설이 본명으로 발표되어 총 6편의 소설을 세상에 남겼다. 그중 그녀의 초기 작품은《노생거 사원》,《이성과 감성》,《오만과 편견》이며 후기 작품은《맨스필드 파크》,《에마》,《설득》이다.

이 중《노생거 사원》은 제인 오스틴이 20대에 완성한 첫 소설이지만 사후에 출판되었는데, 여기에는 사연이 있다. 원래는 '수잔'이라는 제목으로 1803년에 계약을 했으나 계속 출판이 되지 않았고, 이에 제인 오스틴이 항의하자 출판사에서 판권을 도로 사갈 것을 제안했다. 하지만 당시 여유금이 없었던 제인 오스틴은 1816년에 이르러서야 판권을 되찾았고, 제목을 '수잔'에서 '노생거 사원'으로 바꾸었다. 데뷔작인《이성과 감성》, 가장 널리 알려진《오만과 편견》역시 그녀의 초기 작품이지만 출판 전에 상당 부분 개작했다는 특징이 있다.

제인 오스틴이 생전에 출판한 책들은 당시에도 완판에 달하는 인기를 얻었고, 그녀 역시 작가로서 그 역량과 가치를 인정받았다. 그러나 지금과 같이 문학사적으로 중요한 위치에 오르고 세계적인 인기를 얻게 된 것은 그녀의 사후 19세기 후반부터이다.

19세기 말부터 20세기 초에 많은 작가들 사이에서 인정받던 제인 오스틴의 소설은 20세기 중반에 이르러서는 영국 문학의 위대한 전통으로 굳어지며 고전으로서의 가치를 인정받는다.

이러한 평가의 연장선으로 20세기 후반에 제인 오스틴의 소설을 원작으로 한 여러 2차 저작물의 연이은 흥행 성공은 그녀를 대중성과 문학성을 고루 갖춘 작가로 다시금 주목받게 함과 동시에 그녀의 작품이 자본주의에서의 흥행 성공을 보장하는 가치 있는 상품으로 자리매김하게 했다.

제인 오스틴의 소설을 원작으로 제작된 2차 저작물은 〈오만과 편견〉(1995), 〈엠마〉(1996), 〈센스와 센서빌리티(이성과 감성)〉(1995) 등이 있다. 거기에 《오만과 편견》의 서사 구조를 현대적으로 각색한 〈브리짓 존스의 일기〉(2001) 등 변형된 작품까지 합치면 약 30여 편의 작품이 그녀의 소설에서 파생한 것으로 추정된다.

3. 제이나이트 그리고 오스틴 현상

제이나이트•와 오스틴 컬트•, 오스틴 현상• 등을 통해 우리는 '무엇이 우리를 제인 오스틴에 열광하게 만드는지', 그리고 '200년이 지난 현재 제인 오스틴이 우리에게 던지는 삶의 지혜는 무엇인지' 생각해 볼 수 있다.

① '결혼과 연애'라는 고전적 주제의 탁월함

동서고금을 막론하고 '연애와 결혼'은 흥미로운 주제이다. 여러 매체를 통한 다양한 장르 중에서도 가장 인기가 많은 분야는 단연 '로맨스'이다. 그런데 단순히 흥미로운 주제라는 이유만으로 대중의 사랑을 받을 수 있을까?

물론 그렇지 않다. 제인 오스틴은 '연애와 결혼'이라는 주제의 흥미를 넘어 결혼이 인간과 사회에 미치는 중요성과 어떻게 사람을 관찰하고 판단해야 하는지를 독자에게 알려준다.

제인 오스틴은 연애를 단순히 인연이나 운명에 의한 이끌림으로

- 제이나이트 문학 평론가 조지 세인츠버리가 만든 용어로, 제인 오스틴의 소설을 사랑하는 열렬한 애독자를 지칭하는 말.
- 오스틴 컬트 특정 대상에 열광하는 문화적 현상이라는 '컬트'와 '오스틴'의 합성어. 제인 오스틴에 열성적인 팬들과 그들이 만들어낸 문화 현상을 가리키는 말.
- 오스틴 현상 제인 오스틴의 지명도가 높아짐에 따라 작가에 대한 열렬한 지지와 애정이 사회·문화 전반에 영향력을 미치는 현상을 아우르는 말.

보지 않는다. 연애는 우연이 아닌 선택이라는 메시지를 끊임없이 전달한다. 소설 속 여주인공을 통해 상대를 관찰하고 평가하여 어떤 사람을 내 옆에 둘 것인지를 선택하는 일이 얼마나 중요한지를 우리에게 직접적으로 보여준다. 우리는 여주인공의 사고를 따라가는 과정에서 결혼은 사랑의 결과물이 아니라 선택의 결과이며 그 선택을 하는 기준, 즉 '사람을 보는 눈'에 대해 고민하게 된다.

또한 우리가 현재 살아가는 사회는 제인 오스틴이 살았던 시대와 표면적으로는 달라졌을지 몰라도 결혼을 통한 신분 상승의 욕망, 그 본질은 여전히 남아있다. 그렇기 때문에 그녀의 소설은 200년이 지난 우리에게도 유효한 의미를 지닌다.

② 다양한 소설 기법을 사용하면서도 재치를 놓치지 않는 영리함

'풍자와 아이러니'는 제인 오스틴을 항상 따라다니는 수식어이다. 그녀는 유머를 무기로 인물과 사회의 문제점을 꼬집는다.

일상에 비유해 보면 이것이 얼마나 대단한 능력인지 쉽게 이해할 수 있다. 요즘 유행하는 '밸런스 게임'을 예로 들어보자. 정말 재미없지만 진지하고 사려 깊은 사람과 유쾌하고 밝지만 경솔하고 생각 없는 사람 중 어느 한쪽을 반드시 선택해야 한다면 누구를 선택하겠는가?

진지함과 유머는 둘 다 우리 삶에 필요한 요소지만 이 둘을 적절히 사용할 수 있는 능력을 갖추기란 쉽지 않다. 독자들이 그녀의 소설을 읽으면서 가장 감탄하는 부분도 인물의 심리와 성격 묘사에 담긴 예리한 관찰력과 재치이다. 특히 부정적인 인물의 성격 묘사에서 두드러지는 과장된 표현에는 그녀가 가진 특유의 유머러스함과 인간 본성을 꿰뚫는 진지함이 함께 묻어난다. 이처럼 제인 오스틴의 재치와 중도를 지킬 줄 아는 영리함에서 독자들은 매력을 느낀다.

《오만과 편견》이라는 잘 쓰인 소설을 최소 세 번 이상 반복해서 읽었다. 이 젊은 여성만큼 일상생활 속에서 인물의 감정과 성격을 묘사하는 탁월한 재능을 지닌 작가를 이제껏 만나본 적이 없다. 지금 유행하는 과장된 글은 나도 쓸 수 있지만, 일상적인 것들과 인물들을 진실한 묘사와 감정으로 흥미롭게 만드는 그 절묘한 필치는 당해낼 수가 없다.

이렇게 재능 있는 작가가 너무 일찍 세상을 떠났다는 사실에 안타까움을 금할 수가 없다.

－월터 스콧 경

오스틴이 그려낸 드라마틱한 인물들이 지닌 리얼리즘, 삶과의 유사성은 마치 셰익스피어의 그것과 닮아있는 듯하다. 셰익스피어가 태양이라면 제인 오스틴은 작게 반짝이는 소행성 정도라고 할 수 있겠다.

－알프레드 테니슨

③ 인간의 내면적 결핍을 포착하는 철학적 통찰력

제인 오스틴의 소설에 등장하는 인물들은 완벽하지 않다. 모두가 결핍을 지니고 있다. 그 결핍은 개인의 특성에 기반한 '결함'이라고 볼 수도 있지만, 잘 생각해 보면 인간이기 때문에 누구나 지닐 수밖에 없는 '상처'이기도 하다. 소설의 주인공들마저도 각각 내면의 결핍을 가지고 있다.

그녀의 소설에서 다루는 결핍은 대체로 질투, 열등감, 오만함, 허영심 등 누구나 부정적으로 생각하는 감정들이다. 하지만 소설 속 인물들을 비판하면서도 공감하고 안타까워하는 과정에서, 우리는 결국 자신에게도 이러한 결핍이 존재하고 있음을 인정하고 깨닫게 된다. 그녀의 소설을 읽다 보면 그 세밀한 감정 묘사를 통해 일상에서 미처 깨닫지 못했던 자신의 감정을 연결하게 되고, 그 철학적 통찰력이 담긴 정서의 본질에 놀라게 된다. 이를 통해 우리는 내면의 결핍을 인정하고 한 뼘 더 성장할 수 있다.

4. 18~19세기 다른 여성 작가와의 비교

당대의 다른 여성 작가와 제인 오스틴을 비교해 보면 제인 오스틴과 당대의 문학 흐름을 다각도로 이해할 수 있다. 나아가 당대의 다른 작품들도 찾아 읽는다면 문학을 바라보는 관점이 더욱 확장

되는 경험을 얻을 수 있을 것이다.

① 패니 버니(1752-1840)

패니 버니의 작품 《에블리나》는 당시 유행하던 서간체 형식의 소설로, 18세기 후반 영국을 배경으로 한 풍속소설이다. 그녀는 여성의 시각에서 당대 영국 사회를 묘사하고 비판했으며, 주인공들의 감정 묘사에 탁월하다는 평가를 받는다. 패니 버니의 소설을 즐겨 읽은 것으로 알려진 제인 오스틴을 비롯하여 다른 여성 작가들에게도 영향을 준 작가로 알려져 있다.

《에블리나》 줄거리

주인공 에블리나는 방탕한 영국 귀족의 숨겨진 딸로, 그 존재를 숨기기 위해 17년 동안 시골에서 은둔 생활을 한다. 이후 런던의 사교계에 데뷔하면서 여러 남성의 관심을 받게 된다. 이전에 시골에서 순진한 생각을 가지고 살던 에블리나는 도시 사교계의 경험을 통해 18세기 영국의 복잡한 사회 구조에서 살아남는 법과 귀족 남자의 사랑을 얻는 법을 터득한다. 이야기의 끝은 에블리나가 자신의 친부를 만나 딸로서 인정받으며, 사랑하는 남성과 결혼하는 것으로 마무리된다.

② 브론테 자매: 샬럿 브론테(1816-1855)와 에밀리 브론테(1818-1848)

《제인 에어》의 작가 샬럿 브론테와 《폭풍의 언덕》의 작가 에밀리 브론테는 제인 오스틴과 같은 시대를 살진 않았으나, 그녀와 같이 목사관 아버지를 두었다는 가정환경과 더불어 근대 영문학사에 유명한 작품을 남긴 여성 작가들이라는 점에서 비교해 볼 만하다.

이 중《제인 에어》는 제인 오스틴의 소설과 견주어 볼 때, 주인공 제인 에어가 당대의 수동적 여성상에서 벗어난 독립적이고 주체적인 여성상으로 평가를 받는다는 공통점과 함께 제인 에어가 겪는 정서적 갈등과 내적 정열이 작품에서 강렬하게 표현됐다는 차이점이 있다.

《제인 에어》 줄거리

어린 나이에 부모를 잃어 고아가 된 제인 에어는 외숙모 집에 의탁한다. 외숙모는 제인을 학대하고 결국 기숙학교인 로우드로 입학시킨다. 로우드를 졸업한 제인은 가정교사로 취직하는데, 그 집 주인인 로체스터의 청혼을 받게 된다.

제인 에어는 그 청혼을 받아들였으나 이후 로체스터에게 정신병에 걸린 부인이 있다는 사실이 밝혀지고, 이에 충격을 받은 제인은 그를 떠난다. 떠나는 과정에서 위기에 빠진 그녀를 세인트 존이라는 목사가 구해준다. 이후 부유한 외삼촌의 유산 상속자가 된 제인 에어는 세인트 존 목사와 그녀의 누이들에게 재산을 나눠주고 그들의 가족이 된다. 자신이 진정으로 사랑하는 사람은 로체스터뿐임을 거부할 수 없던 제인은 화재로 인해 불에 타 폐허가 된 로체스터 집에서 실명한 그를 만나게 되고, 둘은 진정한 사랑을 확인하고 결혼한다.

5. 제인 오스틴에 대한 평가

사람이라면 누구나 장점과 단점을 가지고 있는 것처럼, 작가 역시 상반된 평가를 받기도 한다. 그중 어떤 평가를 정답이라고 말할 수는 없다. 어떤 관점과 기준치를 가지고 바라보느냐에 따라 평가는 달라진다. 심지어 작가가 글을 창작할 때와 지금 우리가 살아가는 시대의 차이를 고려해 본다면 다양한 평가가 혼재하는 것은 오히려 자연스럽다.

여기서는 당대의 사회 흐름과 함께 제인 오스틴에 대한 다양한 평가를 제시한다.

① 창작 당시 사회적·역사적 배경

첫째는 프랑스 시민혁명(1789-1794)이다. 프랑스 시민혁명은 사상혁명으로서 시민혁명의 전형이다. 여기서 시민혁명은 부르주아혁명만을 의미하지는 않는다. 전 국민이 자유로운 개인으로서 자기를 확립하고 평등한 권리를 보유하기 위해 일어선 혁명이라는 보다 넓은 의미를 포함하고 있다.

둘째는 나폴레옹 전쟁(1797-1815)이다. 나폴레옹 전쟁은 프랑스혁명 당시 프랑스가 나폴레옹 1세(재위 1804-1814/1815)의 지휘하에 유럽의 여러 나라와 싸운 전쟁을 총칭한다. 처음에는 프랑스혁명을 방위하는 성격을 띠었으나, 차차 침략 전쟁으로 변했다. 나폴레옹은 유럽 제국과 60회나 되는 싸움을 벌였는데, 이것은 제2차 백년전쟁이라고도 할 수 있다. 프랑스 국내에서는 나폴레옹이 혁명의 정치 원리를 뒤엎고 군사독재를 강화한 정치적 모순을 내셔널리즘의 너울을 씌워 은폐한 효과를 거두었다. 그 바탕에는 영국–프랑스 간의 중상주의적 경쟁이 기본적인 성격을 띠고 있었으며, 침략받은 유럽 제국은 영국을 중심으로 대프랑스 동맹을 결성하여 나폴레옹에 대한 항전을 계속하였다.

② 창작 당시 여성의 사회적 위치

18세기 산업혁명은 여성을 가정에서 사회로 진출하게 함으로써 여성의 의식과 사회적 지위의 변화를 가져오게 한 계기가 되었다. 그러나 이런 변화에도 불구하고 여성은 여전히 경제적·사회적 자립이 매우 불리한 상황이었고, 이런 상황에서 여성이 할 수 있는 선택이라고는 결혼밖에 없었다. 그 결혼이라는 선택지조차 선택을 받는 것에 해당했으므로, 여성의 자유는 제약이 심했다.

또한 교육의 기회도 이러한 불평등을 재생산하는 데 기여했다. 영국 사회 속에서 교육의 기회는 경제적으로 부유한 상급 남성에 국한되었고, 중상류층의 여성은 교육에서 소외되었다.

남성 중심적인 사회에서 여성에게 요구되는 소양은 의존적·순종적인 모습이었다. 이러한 여성을 교육하기 위한 도구가 바로 품행서와 소설이다. 품행서는 궁중과 귀족 문화에 의해 만들어진 것들 중 하나인데 여성으로서의 덕목과 예의범절, 가문 예법 등이 수록된 일종의 지침서이다. 여성의 덕목에는 몸가짐새, 독서법 등은 물론 걸음걸이와 표정까지도 포함되어 있었다. 이 품행서는 '계몽' 이라는 구실로 남성의 필요에 맞는 여성을 재생산하는 용도로 사용되었다.

③ 여성 작가의 등장이 문학사에서 갖는 의미

18세기에 영국의 인쇄 문화가 눈부시게 발전하면서 사람들은 다양한 읽을거리를 접할 수 있게 되었다. 이 덕분에 교육, 취업 등의 기회가 닫힌 채 집에만 있어야 했던 중간 계층의 여성들은 글을 읽고 쓸 수 있는 기회를 얻게 되었다.

④ 제인 오스틴에 대한 다양한 평가

제인 오스틴에 대한 평가는 크게 당시 사회 실상의 반영과 여성상을 기준으로 분류할 수 있다.

사회 실상의 반영 기준에서 제인 오스틴의 작품을 비판하는 측은 그녀가 역사의식이 부족해 정치적·사회적·역사적 격동기의 사회 변화를 작품에 반영하지 못하고 협소한 가정사만 다루고 있다고 말한다. 반면 옹호하는 측은 사회적 변화를 인지하지 못한 것이 아니라 오히려 인지하고 있던 사실을 가정 내의 인간관계 속에서 직접적으로 보여주고 있다는 의견이다.

여성상을 기준으로는, 페미니즘•에 입각해 소설 속 인물과 서사가 여성의 주체성을 보여준다는 입장과 남성의 입장에 순응하는 여성을 보여준다는 입장이 있다.

앞선 입장 측은 작품에서 품행서를 풍자하고 패러디하며, 품행서에서 찾아볼 수 없는 실제를 고발함으로써 그 위상을 떨어뜨리고 여성 교육의 새로운 패러다임을 구축했다고 말한다. 또한 당시 모범이 되는 여성의 기준과는 달리 솔직하고 자유분방한 성격을 가진 새로운 여성상을 제시하면서도 남성 인물이 가진 문제점을 적나라하게 보여주어 남성 중심 사회가 갖는 허상을 비판하고 있다고 주장한다.

그러나 반대 입장 측에서는 남성과 결혼에 성공하는 결말을 통해 결국 여성 인물이 남성 중심 사회에서 심어주는 욕망에서 벗어나지 못한 보수적인 모습을 보인다고 말한다. 또한 여성이 갖춰야 할 예의범절, 인내를 교양으로 생각하는 여성들의 성공 신화가 남성 중심의 수동적인 여성을 재생산한다고 주장한다.

• 페미니즘(feminism) 여성과 남성의 관계를 살펴보고, 여성이 사회제도 및 관념에 의해 억압되고 있다는 것을 밝혀내는 여러 가지 사회적·정치적 운동과 이론들을 포괄하는 용어.

6. 제인 오스틴의 편지

제인 오스틴은 살아생전에 약 3000통가량의 편지를 썼다고 추정된다. 이 중에서 지금까지 전해진 것은 약 160통 정도이다. 제인 오스틴이 작가로서 갖는 이미지를 염려한 그녀의 언니가 대부분의 편지를 소각한 것으로 알려져 있다.

제인 오스틴은 작가 생활이 짧고 다른 작가에 비해 알려진 전기의 내용이 적기 때문에 남아있는 편지는 그녀의 삶을 이해할 수 있는 귀중한 자료이다. 가장 가까운 사람에게 쓴 편지야말로 그녀의 사생활 속에서 작가로서의 가치관과 성격을 진솔하게 알 수 있는 자료이기 때문이다. 여기서는 몇 편의 편지를 작가의 소설 창작 비평, 자신의 작품에 대한 애정, 사랑과 이별에 대한 생각을 기준으로 분류하여 제시하였다.

① 소설의 인물, 구성에 대한 작가의 관점과 창작 비평을 담은 편지

소설을 쓰던 조카 안나에게 조언해 주는 편지에는 작가가 소설을 창작할 때 중요하게 여기는 지점, 즉 인물의 성격이나 소설의 서술방식 설정의 중요성이 언급되어 있다. 또한 당시 인기가 있던 다른 소설에 대한 관심을 엿볼 수 있어 작가로서의 제인 오스틴의 면모가 두드러지는 글이다.

사랑하는 안나에게

네 원고를 보내줘서 고마워. 정말 즐겁게 읽었어. 우리 모두!

이야기의 분위기가 늘어지지 않는 것이 너무 좋았어. 또 등장인물인 도우 경과 레이디 헬렌, 성 줄리안의 성격이 아주 잘 드러나 있었어. 특히 시실리아라는 인물은 참 정감이 있더라. 그녀의 나이를 올린 건 아주 좋은 판단이었어. 또 나는 개인적으로 데버루 포레스터의 시작이 정말 마음에 들었어. 선과 악 한쪽의 극에 있는 것처럼 표현하는 것보다는 이게 훨씬 낫거든. 그런데 난 연인이 3인칭으로 이야기하는 건 별로라고 생각해. 자연스럽지 않은 것처럼 느껴지거든. 그렇지만 네 생각이 나와는 다르다면, 내 의견은 염두에 두지 않아도 돼. 다만 난 네 원고를 빨리 더 읽고 싶을 뿐이야. 그리고 이 책을 무사히 돌려줄 수 있기를 바라고 있어.

네 작품에 그런 경향이 종종 드러나는 것 같아서 조금은 걱정이야. 한 무리의 사람들에게서 다른 무리의 사람들로의 변화가 너무 자주 있고, 때로는 아무런 결론에도 닿지 못하는 뻔한 상황들이 연출될 것 같아서. 하지만 정말 그렇다고 해도 나는 반대하지 않아. 난 언니보다는 좀 더 관대한 편이니까. 등장인물의 타고난 천성이 어지러운 이야기의 많은 부분들을 보완해 줄 수 있을 거고, 대부분의 사람들은 다행히 그런 것에 크게 신경을 쓰지는 않거든.

《자기 통제》를 구하는 데 실패했어. 그 작가의 작품이 어떤 가치를 갖고 있는지 꼭 내 눈으로 확인하고 싶었는데. 난 똑똑한 소설이 도가 지나치게 똑똑한 것이 늘 조금은 두려워. 누군가 나의 이야기와 인물들을 먼저 등장시켰을 것 같거든.

② 소설과 소설 속 인물에 대한 애정과 자부심이 느껴지는 편지

나는 솔직히 엘리자베스가 지금까지 여러 작품에 등장한 어떤 등장인물보다도 매력이 있다고 생각해. 그러니 엘리자베스에게 호감을 느끼지 않는 사람을 내가 어떻게 이해할 수 있겠어? 난 그렇게는 못해.

나는 정말 자랑스럽고, 넘치도록 만족해. 그렇지만 이 작품은 지나치게 경쾌하고 밝고 반짝거려서 어느 정도의 그늘은 필요할 듯해. 이곳저곳을 좀 더 손봐야 할 것 같아. …… 밝은 활기와 풍자로 채워진 소설의 전반적인 구성을 독자들이 더 잘 느낄 수 있도록 대조되는 어떤 다른 요소를 추가해도 좋을 듯해. 하지만 언니가 여기에 동의할지는 확신하기 어렵네. 언니는 나보다 생각이 엄격한 편이니까.

③ 사랑과 이별을 바라보는 작가의 생각이 드러난 편지

아래 첫 번째 편지에서는 제인 오스틴의 헤어진 연인으로 알려진 톰 리프로이에 대한 애정을 반전 섞인 유머로 표현하고 있다. 사랑

에 빠진 여자에게서 느껴지는 특유의 재기발랄함이 잘 드러나 있다. 그리고 조카인 패니에게 보낸 이별에 대한 현실적 조언에서는 애정과 결혼에 대한 냉철한 분별력이 느껴진다.

그 사람에게 흠이라고는 딱 하나밖에 없어. 물론 시간이 지나면 그나마도 없어질 테지만. 그건 바로, 그의 모닝코트가 너무 밝은 색이라는 거야. (중략)
내일 무도회를 너무나 기대하고 있어. 어쩌면 내일 밤, 그가 내게 청혼을 할지도 모르거든. 하지만 난 일단 거절할 생각이야. 그가 앞으로 하얀색 코트를 절대 입지 않겠다고 내게 약속하기 전까지 말이지.

친애하는 패니, 지금까지는 네가 겪는 문제를 한쪽에서만 바라보았으니, 이제는 그 반대편에서 이야기를 해보자. 나는 솔직히 네가 그 사람을 지금보다 더 많이 좋아하지는 않았으면 해. 그리고 네게 남다른 각오가 있는 것이 아니라면, 그를 지금 그대로 받아줄 생각은 부디 하지 말길 바라.
애정 없는 결혼은 세상 그 어떤 것보다도 견디기가 힘들어. 만약 그의 장점들보다 단점들이 더 크게 보인다면(예컨대 그의 서툰 매너 같은 부분 말이야), 그래서 그게 네 마음을 계속 불편하게 한다면 지금 당장 그를 놔. 지금 네 상태가 이러니, 넌 어느 쪽으로든 마음을 단단히 해야 해. 그가 여태껏 해온 대로 하도록 내버려 두거나, 아니면 그 사람이 그런 모습을 보일 때마다 의도적으로 냉정하게 대처해서 지금까지의 자신의 행동이 잘못됐다는 것을 스스로 알게끔 만들어야 해. 물론 그는 한동안 너의 행동으로 많이 힘들어할 거야. 너와 함께할 수 없다는 걸 깨닫게 되면. 하지만 너도 알다시피, 그런 감정 때문에 사람이 죽지는 않는다는 건 어린아이들도 아는 이야기야.

Ø2

제인 오스틴 작품 읽기

이성과 감성

Sense and Sensibility, 1811

제인 오스틴이 처음 세상에 출판한 작품으로, 두 자매의 이야기를 통해 바람직한 삶의 자세가 무엇인지 보여주는 소설이다. 제인 오스틴의 작품 중에서도 여성 주인공이 가장 바람직하고 이상적인 모습으로 등장하여 이를 통해 작가의 가치관이 잘 전달된다.

1. 줄거리와 등장인물

① 줄거리

노어랜드에 사는 대시우드 집안의 헨리 대시우드에게는 전 부인 사이에서 낳은 아들 하나와 현재 부인 사이에서 낳은 딸이 셋 있었다. 그는 죽기 전에 남겨진 재산이 없어 곤경에 처할 부인과 딸 셋을 걱정하여 유산을 상속받아 부유해질 아들 존 대시우드에게 유언으로 그들을 잘 돌봐줄 것을 간곡히 부탁한다. 하지만 존은 아버지의 유언과 달리 아내의 이기적인 꾐에 넘어가 노어랜드 저택에서 새어머니와 여동생들을 내쫓았으며, 변변한 살림 하나 보태주지 않았다.

갑작스럽게 가난의 곤경을 맞은 대시우드 부인과 세 딸 엘리너, 메리앤, 마거릿은 가난해진 살림살이에 적절한 집을 찾다가 먼 친척인 존 미들턴 경의 호의로 집을 싸게 빌려주겠다는 제안을 받고 노어랜드를 떠나 데번셔로 가기로 결정한다. 이런 상황에서 존 대시우드 부인의 남동생 에드워드 페라스와 서로 각별한 사이로 발전하던 큰딸 엘리너는 남들에게 이별의 아픔을 표현하지 않고 오히려 담담하게 받아들이며 슬픔을 속으로 인내한다. 하지만 에드워드와 엘리너의 애정을 이미 알고 있던 가족들은 이런 엘리너의 모습을 이해하지 못한다. 특히 정열적이고 감성적인 성격으로 언니와 대조적인 둘째 메리앤은 언니의 표현 방식이 감정의 깊이가 얕다고 생각하며 이해하지 못하고, 떠나는 슬픔을 참지 않는다.

새로 정착하게 된 존 미들턴 경의 집에서 대시우드 부인과 세 딸은 존 미들턴 부부와 그의 장모인 제닝스 부인과의 잦은 교류로 마을 사람들과 자연스럽게 친분을 맺게 된다. 이 중 35세의 브랜던 대령은 둘째 메리앤에게 연모의 마음을 품게 되지만, 메리앤은 차분하고 과묵하며 심지어 자신과 나이 차이도 많이 나는 노총각 브랜던 대령을 거들떠보지 않아 브랜던 대령의 짝사랑은 홀로 깊어만 간다.

그러던 어느 날 메리앤이 외출을 나갔다가 언덕에서 넘어져 다치고 말았는데, 이때 근처에서 사냥하던 윌러비라는 젊은 청년이 메리앤을 안고 집으로 데려다주는 사건이 일어난다. 우연한 사건으로 만났지만 성향과 취향이 매우 비슷하여 서로에게 강하게 끌린 메리앤과 윌러비는 짧은 시간에 대담한 애정 행각을 서슴지 않고 할 정도로 깊은 사이가 된다. 윌러비를 굉장히 좋게 생각하는 대시우드 부인은 둘 사이를 염려하기보다는 더 잘되길 바라며 응원하는데, 이와 반대로 엘리너는 다른 사람에 대한 예의를 지키지 않고 자신들의 감정만을 앞세워 경솔하게 애정을 표현하는 둘 사이를 경계하며 메리앤을 걱정한다. 특히 엘리너는 주변의 부추김에도 에드워드가 자신에 대한 애정을 확신할 만한 언약이나 증거가 있을 때까지 자신의 감정을 부적절하게 부풀리거나 애정을 과장하지 않도록 항상 주의했던 터라, 메리앤과 윌러비 사이에 이런 언약이 과연 있었을까 하는 의심을 놓지 못하고 둘 사이를 관찰한다.

윌러비와의 애정으로 메리앤이 행복감에 젖어있을 때, 정작 엘리너는 만나지 못하는 에드워드에 대한 그리움과 자신을 찾아오지 않는 그에 대한 실망감으로 말로 다 하지 못할 슬픔을 홀로 인내하고 있었다. 그렇게 시간이 흘러 드디어 에드워드가 데번셔로 찾아와 둘은 만나게 되는데, 이때도 메리앤 눈에는 도저히 연인의 사이라고 생각할 수 없을 만큼 반가움이나 애정의 표현이 없었다.

에드워드와 엘리너는 둘 다 신중하고 겉으로 표현하지 않는 성격으로, 애정이 깊어지더라도 겉으로 드러내는 것을 어려워했다. 그러나 둘 사이의 진짜 장애는 성격 때문이 아니라, 에드워드의 집안이 엘리너를 반대하여 둘의 사이를 방해하고 있다는 것이었다. 에드워드의 어머니는 아들을 자신의 야망을 대리 만족할 수 있을 만한 직업과 위치에 올려놓기 위해 아들이 목사를 하는 것과 엘리너를 만나는 것을 방해하고 있었다. 그 결과 에드워드는 언약이나 특별한 애정 표현 없이 싱겁게 다시 돌아가고 말았다.

그런데 윌러비가 갑자기 메리앤을 버리고 런던으로 떠나버리는 사건이 일어난다. 그를 믿고 있던 대시우드 집안은 모두가 슬픔과 충격에 빠지고, 특히 메리앤은 그날 이후 세상 모든 슬픔을 혼자 짊어진 것처럼 괴로워해 주변을 더욱 힘들게 만든다. 이 와중에 메리앤뿐만 아니라 엘리너 역시 충격적인 사실을 알게 되는데, 제닝스 부인와 사촌 관계인 스틸 자매 중 동생 루시로부터 자신이 4년 전에 에드워드와 비밀 약혼을 한 사이라는 것을 전해 들은 것이다. 그러나 슬픔에 빠져있는 메리앤과 달리 엘리너는 루시의 말을 신중하게 분별하면서도 그 고통을 표현하지 않는다. 공연히 주변을 힘들게 하면 안 된다는 판단을 내리고 비밀을 지키기 위해 자신의 슬픔을 절제한다.

제닝스 부인은 자신의 딸 파머 부인이 있는 런던으로 엘리너와 메리앤을 초청하여 함께 여행을 간다. 이 여행으로 꿈에 그리던 윌러비를 만나게 될 거라고 믿은 메리앤은 희망에 가득 차 런던에 도착하자마자 윌러비에게 자신의 도착을 알리는 편지를 쓰고 매일 답을 기다린다. 그러나 시간이 지나도 그의 연락은 돌아오지 않는다. 그러던 어느 날 메리앤은 우연히 윌러비를 무도회에서 만나게 되지만, 반가워하는 자신을 불편해하는 윌러비를 보고 그제서야 그의 변심을 깨닫게 된다. 믿고 싶지 않았던 윌러비의 변심을 직면하게 된 메리앤은 또다시 상심의 고통에 빠지게 되는데, 더욱 놀라운 것은 윌러비가 부유한 귀족 자제와 결혼을 한다는 사실이었다. 이별 통보 편지를 받은 메리앤은 사실 윌러비가 자신에게 한 번도 애정의 언약이나 증거를 표현한 적이 없음을 엘리너에게 밝히고 윌러비의 변심을 받아들이기 힘들어한다.

이런 메리앤을 걱정하던 브랜던 대령은 윌러비의 진짜 모습을 알고 메리앤이 마음의 상처를 덜었으면 하는 마음에서 자신의 첫사랑과 얽힌 마음 아픈 과거사와 함께, 윌러비의 추악한 인성을 폭로한다. 브랜던 대령에게는 메리앤과 비슷한 성격의 첫사랑이 있었는데, 그녀가 억지로 대령의 형과 결혼하게 되면서 둘은 헤어지고 만다. 너무나 사랑했던 두 사람은 사랑의 야반도주를 시도하지만, 결국 발각된다. 그녀는 그때부터 방탕한 생활에 빠져 이혼을 하고, 딸을 브랜던 대령에게 부탁하며 세상을 떠난다. 그 아이를 보살펴 오던 브랜던은 얼마 전에 그 딸이 어떤 남자의 꼬임으로 사생아를 낳고 버림받은 것을 알게 되었는데, 그 남자가 바로 윌러비였다. 이 사실로 윌러비의 파렴치함은 밝혀졌지만 그가 자신을 속였으며 모든 애정은 거짓이었다는 생각에 메리앤은 또다시 힘들어한다.

한편 엘리너에게 일부러 자신의 약혼 사실을 이야기한 루시 스틸은 엘리너를 싫어하는 페라스 부인의 심기를 이용하여 그녀와 존 대시우드 부인과 친분을 쌓고, 결국 자신과 에드워드의 관계를 페라스 집안에 밝힌다. 이에 한바탕 발칵 뒤집힌 페라스 집안은 에드워드에게 주기로 한 재산을 뺏어 차남인 로버트 페라스에게 넘겨주기로 한다.

일련의 사건을 겪은 메리앤은 몸이 약해져 있던 탓에 급성 감기에 걸려 사경을 헤맬 정도로 상태가 악화되는데, 이때 브랜던 대령은 물심양면으로 메리앤의 회복을 돕는다. 그런 메리앤의 소식을 들은 윌러비는 엘리너에게 용서를 빌며 자신의 이야기를 하는데, 그는 처음에는 메리앤과의 관계를 가볍게 시작했지만 진심으로 그녀를 사랑하게 되어 청혼을 하려 했다. 그러나 사생아를 낳은 사건이 발각되면서 부유한 고모에게 상속권을 박탈당할 위기에 처하자, 결국 메리앤을 버리고 돈 많은 여자를 찾아 결혼했다. 그러나 마음에도 없는 여자와 결혼을 한 후에야 자신의 어리석음을 후회하고 있다는 것이다. 이 사실을 전해 들은 메리앤은 그를 용서하게 되었고, 슬픈 마음을 서서히 정리하게 되었다.

이후 루시 스틸과 결혼한 줄 알았던 에드워드는 엘리너에게 청혼을 하러 찾아와 루시 스틸이 그의 남동생 로버트 페라스와 결혼하게 되었고 자신은 엘리너와 결혼하고 싶다는 뜻을 밝힌다. 그의 진심을 받아들인 엘리너는 너무나 기뻐하며 그의 청혼을 승낙하고, 메리앤 역시 자신에게 진심을 다해준 브랜던 대령을 받아들여 결혼하게 된다.

② 등장인물

엘리너

《이성과 감성》에서 '이성'을 대변하는 인물로, 대시우드 부인의 큰 딸이다. 기본적으로 사람에 대한 예의를 매우 중요하게 생각하며 모두에게 친절하고 상냥하지만, 자신의 기준에 맞지 않는 인성의 사람과는 교류하지 않는다. 관찰력과 분별력이 뛰어나 주변 인물의 성향과 말과 행동의 의도를 정확히 파악한다.

엘리너는 깊은 이해력과 냉철한 판단력을 지니고 있어 열아홉이라는 어린 나이에도 어머니의 조언자 역할을 할 수 있었다. 그녀는 대시우드 부인의 경솔한 행동에 맞서 지인 모두가 피해를 입지 않도록 지켰다. 그녀는 훌륭한 마음을 지녔고, 다정다감했으며, 그러면서도 강렬한 감정을 가지고 있었다. 그러나 그녀는 그 감정을 어떻게 다스려야 하는지 잘 알고 있었다. 그것은 그녀의 어머니조차도 반드시 배워야 할 지혜였으며, 메리앤은 오히려 배우려 하지 않던 지혜였다.

메리앤

《이성과 감성》에서 '감성'을 대변하는 인물로 대시우드 부인의 둘째 딸이다. 모든 분야에 열정적이며 예술적 재능이 뛰어나다. 감수성이 풍부하며 밝고 쾌활하다는 장점이 있지만, 매사 감정이 격하고 주변을 고려하지 않는 등 자제력이 부족한 인물이다.

메리앤은 언니인 엘리너와도 충분히 견줄 수 있는 능력을 갖추고 있었다. 그녀는 영리하여 사리 분별을 제대로 할 줄 알았다. 그러나 그녀는 모든 일을 지나치게 열심히 했다. 그녀의 슬픔, 기쁨 등 감정에는 절도가 없었다. 그녀는 포용력이 있었으며, 쾌활하고 사랑스러운 여성이었다. 거기에 신중함까지 갖췄다면, 그녀는 그야말로 완벽했을 것이다.

대시우드 부인

메리앤보다 정도가 심하지는 않으나 감성적이고 분별력이 없는 인물이다. 다른 사람을 긍정적인 시선으로 바라보는 장점을 가졌지만 주관에 휩쓸려 상황 파악을 제대로 하지 못한다.

엘리너는 메리앤이 공개적으로 말하는 것에 몹시 놀라 너무 열을 낸 것이 못내 마음에 걸렸다. 그녀는 에드워드가 자신의 마음에 큰 부분을 차지하고 있음을 느꼈다. 그리고 이 감정을 그도 함께 느끼고 있다는 것을 믿었다. 그러나 이보다 더 확실해져야 둘이 사랑하고 있다는 메리앤의 확신을 스스로도 기꺼이 받아들일 수 있을 것이었다. 그녀는 메리앤과 어머니가 한순간 추측을 하고, 그것을 금세 사실로 믿는다는 것을 알았다. 그리고 그들에게는 소망이 희망이 되고, 희망이 예상이 된다는 것을 알았다.

에드워드 페라스

얌전하고 수줍음이 많으며, 타인과의 신의를 중시하는 인물이다. 부와 명예에는 욕심이 없으며 소박한 성품을 지녔다. 애정이 없으면서도 자신이 한 과거의 약속을 지키기 위해 루시 스틸과의 결혼을 무르지 못하는 인물이다.

에드워드는 정도가 더 심해서, 이런 상황이 닥쳤을 때 연인이라면 마땅히 해야 할 처신을 제대로 하지 못했다. 그는 어찌할 바를 몰랐고, 그들을 만나도 그다지 기뻐하지 않았으며, 흥이 나거나 즐거운 듯한 모습도 보이지 않았다. 질문을 받은 경우를 제외하고는 말조차도 거의 하지 않았고, 심지어 엘리너한테 특별한 애정 표현을 하지도 않았다. 이 모습을 지켜보던 메리앤은 놀랍다 못해 에드워드가 싫어질 지경이었다.

브랜던 대령

말수가 적고 근엄하며 신중하고 신사다운 인품을 가진 인물이다. 밝고 감정에 솔직한 메리앤을 사랑하지만, 메리앤은 자신과 성격적으로 너무 대조되고 서른다섯이라는 대령의 나이가 너무 많게 느껴져 이성으로 여기지 않는다.

"나이를 스물일곱 살쯤 먹은 여자라면……." 잠시 생각하던 메리앤이 말했다.

"새로운 사랑을 품는다거나 혹은 품게 하려는 건 욕심이야. 나이를 먹을 대로 먹어 집에 도저히 더 있을 수가 없거나, 재산이 거의 없는 경우에는 의식주를 해결하기 위해 아무 노친네의 옆자리를 찾아들어 간병인 노릇 정도는 할 수 있겠지만. 그분은 그런 여자를 찾아 결혼하는 게 어울려. 서로의 편의를 위한 계약관계니까, 세상 사람들도 그러려니 하겠지. 물론 내가 보기에는 그건 결혼이라고 부를 수 없는 상업적 교환일 뿐이지만. 각자 필요한 것을 서로를 통해 취하는 관계인 거지."

윌러비

미남형에 목소리와 말투도 호감을 살 만한 외적 조건을 가지고 있다. 자신감 있고 유머 감각도 갖춘 정열적인 성격이다. 하지만 앞뒤 가리지 않고 자신의 의견을 표현하는 무례함을 보인다. 이야기 후반에는 사치를 심하게 하는 낭비벽과 자신의 이기심에 여성을 이용하는 비열함을 보여준다.

어느 날 브랜던에 대해 이야기를 나누고 있을 때 윌러비가 말했다.

"그는 주변 사람들에게 평판은 좋지만, 아무도 그에게 신경을 쓰려 하지는 않죠. 누구나 웃으며 얼굴 정도는 마주할 수 있겠지만, 먼저 말을 걸거나 더 다가가려는 사람은 없다구요."

"저도 그렇게 생각해요!" 메리앤이 맞장구쳤다.

"그래도 다른 사람에 대해 그렇게 함부로 이야기하는 건 좀 아닌 듯한 데……." 하고 엘리너가 말했다.

존 대시우드 부부: 엘리너의 배다른 오빠와 그의 부인

존 대시우드는 본성이 나쁘지는 않지만, 이기적이고 정이 없는 성격이다. 특히 부인의 말에 무조건 동의하며 따르는, 줏대 없고 도덕적 분별력이 전혀 없는 인물이다. 그의 부인은 돈에 있어 이기적이며 천박한 생각을 가진 몰상식한 성격의 인물이다.

스틸 자매

언니인 앤 스틸은 못생기고 총기가 없는 인물이며, 에드워드와 약혼한 동생 루시 스틸은 영악하고 주변 사람에게 붙임성 좋게 아부를 잘하는 성격이다. 외모는 예쁘지만 자기 의도를 숨기고 엘리너에게 접근하는 의뭉스러운 인물이며, 에드워드의 마음을 알면서도 재산 때문에 그를 붙잡아 두려는 세속적인 성격이다.

제닝스 부인

연애와 가십을 좋아하고 주변 젊은이들의 결혼에 과하게 관심이 많은 수다스러운 인물이다. 수다스럽지만 가볍고 쾌활한 성격으로 악의가 없어 엘리너는 제닝스 부인을 나쁘게 여기지 않지만, 메리앤은 극단적으로 제닝스 부인을 싫어한다.

존 미들턴 경: 엘리너의 먼 친척

호남형 인물에 솔직하고 시원시원한 성격으로 주변에 친절을 베푸는 것을 좋아한다. 그러나 사람을 많이 사귀는 것에 관심이 많을 뿐 진정한 교류에는 관심이 없다.

그는 저택에 다 들어오지도 못할 정도로 젊은 사람들을 많이 불러들여, 그들이 시끄럽게 떠들수록 더 즐거워했다. 그는 주변의 젊은이들에게는 고마운 사람이었다. 여름이면 차가운 햄과 닭고기를 함께 먹는 야외 파티를 열었으며, 겨울이면 개인 저택에서 자주 무도회를 주최하였는데 매일같이 춤을 추고 싶은 열다섯을 넘긴 여성들도 충분하다 느낄 정도였다.

존 미들턴 부인

외모나 매너는 우아하고 아름답지만 인간적인 온화함이나 솔직함이 없는 사람이며, 다른 사람에게 인간적인 관심이 없다.

존 경은 메리앤이 노래하는 동안에는 쩌렁쩌렁한 목소리로 다른 사람들과 얘기하다가도 곡이 끝날 때면 어김없이 목청을 높여 칭찬을 퍼부었다. 미들턴 부인은 어떻게 다른 사람이 노래를 하고 있는데 한눈을 팔 수 있느냐며 남편을 타박했다. 그러면서 메리앤에게 곡을 신청했는데, 그 곡은 방금 메리앤이 끝낸 곡이었다.

2. 이성 vs 감성

요즘 성격 유형을 분류하는 MBTI 검사가 유행하고 있다. MBTI는 개인마다 태도와 인식, 판단과 생활 기능에서 각자 선호하는 방식의 차이를 나타내는 네 가지 선호 지표의 성격검사이다. 《이성과 감성》의 엘리너와 메리앤의 성격은 MBTI의 'T'와 'F'에 연결해 볼 수 있다.

네 가지 지표 중 세 번째 지표는 합리적인 판단 근거를 어디에 두느냐에 따라 T(Thinking, 사고형)과 F(Feeling, 감정형)로 나뉘는데, 그 차이는 다음과 같다. 사고형-감정형 지표는 수집한 정보를 바탕으로 판단하고 결정을 내릴 때 사고와 감정 중 어떤 것을 더 선호하는지 알려준다. 사고형인 사람들은 객관적인 사실에 주목하며, 분석적으로 판단하고자 한다. 공정성을 중요한 가치로 여기고, 원칙과 규범을 지키는 것을 중요시한다. 또한 '맞다-틀리다' 식의 사고를 하는 경향이 있으며 비판적이다.

반면 감정형인 사람들은 판단을 내릴 때 원리 원칙에 얽매이기보다는 인간적인 관계나 상황적인 특성을 고려하여 판단하고 결정을 내리고자 한다. 이들은 '좋다-싫다' 식의 사고를 하며 정서적 측면에 집중하고, 논리적인 판단이나 원칙보다는 사람들에게 어떤 결과를 가져올지 등을 더 중요시한다.

물론 MBTI 검사의 T와 F가 제인 오스틴이 전달하는 소설 속 이성과 감성의 의미와 일맥상통하는 것은 아니다. 하지만 200년 전과 현재를 비교할 때, 이성과 감성이라는 주제가 인간을 이해하는 큰 틀이 된다는 것은 상당히 흥미롭다. 한 인간이 외부의 사물이나 인물을 어떻게 바라보고 판단하느냐가 그 사람을 이해하는 데 굉장히 중요한 기준이 된다는 것이다. 그리고 제인 오스틴이 심리적이고도 철학적인 이 질문에 대한 답을 어떻게 내리고 있는가가 여기에서 중점적으로 살펴보고자 하는 내용이다.

앞서 살펴본 바와 같이 《이성과 감성》에서 이성을 대변하는 인물은 큰딸 엘리너이고, 감성을 대변하는 인물은 둘째 딸 메리앤이다. 이야기의 흐름은 엘리너의 시각에서 대부분 전달된다. 독자는 이야기를 읽으면서 작가의 관점을 반영한 엘리너의 판단과 사고를 자연스럽게 따라가게 된다.

소설 속 두 자매의 성격은 굉장히 대조적이다. 제인 오스틴의 다른 소설 《에마》, 《노생거 사원》, 《맨스필드 파크》, 《설득》 등에서는 한 명의 여주인공의 사랑 이야기를 중점으로 다루고 있는 데 비해, 이 소설은 두 자매의 사랑 이야기를 다루고 있다. 사랑과 이별이라는 사건 자체가 중요한 게 아니라, 그 사랑과 이별을 겪는 두 자매가 각각 어떻게 생각하고 대응하는지를 보여주는 것이 이 소설의 목적이다.

제인 오스틴은 엘리너와 메리앤의 가장 큰 차이를 '감정의 절제'라 말한다. 소설 초반에 이 둘의 성격을 설명하는 부분에서는 둘

다 너무나 뛰어나고 아름다우며 감수성이 풍부한 여성이지만, 감정을 절제하는 부분에서는 명확한 차이가 있음을 보여준다. 메리앤은 언니 엘리너의 표면적 행동만을 보고 자신보다 감수성이 부족한 사람이라고 생각하지만, 제인 오스틴은 엘리너를 감수성이 풍부하며 다정한 사람이라고 언급한다. 메리앤과 다른 엘리너의 감정 절제는 이성적 사고에 기반을 두고 있다.

감정의 절제는 표면으로 드러난 결과이고, 그 근본의 차이는 이성에 있다. 엘리너와 메리앤은 다른 인물을 평가할 때, 사랑에 빠졌을 때, 실연했을 때 보이는 사고와 행동이 다르다.

먼저 브랜던 대령을 평가하는 엘리너와 메리앤의 모습을 살펴보면, 엘리너는 브랜던 대령이 겉으로는 사교성이 부족해 보이지만 표면이 아닌 그 이면에 있는 이유를 추측해 본 후 자신의 주관보다 도덕적 이치에 근거해 그를 평가하고 됨됨이를 파악한다. 그래서 겉으로 드러나는 매력은 적을지언정 사람 대 사람으로서 인간성을 갖추고 친구로 삼고 싶은 사람은 브랜던 대령밖에 없다는 판단을 내린다. 하지만 메리앤은 자신의 취향이라는 주관에 근거하여 사람을 평가하며, 행동을 관찰하고 객관적으로 바라보는 것이 아니라 그저 재미없는 사람으로만 치부해 버리고 만다.

사랑에 빠졌을 때도 둘은 극명히 다른 모습을 보인다. 엘리너 역시 에드워드 페라스를 향한 사랑의 감정이 깊지만, 주변 사람들의 시선, 사회적 가치관 등을 고려하여 겉으로 감정을 표현하지 않는다. 이는 감정의 억압이라기보다는 당시 시대상을 고려했을 때 인간으로서 지켜야 할 도덕성에 가깝다. 하지만 메리앤은 자신의 감정이 언제나 최우선이며 다른 사람은 배려하지 않는다. 오히려 예의를 억압으로 치부해 버리고 언제나 감정에 최선을 다하는 것이야말로 인간 본연의 자유라고 생각한다. 그래서 엘리너는 이런 메리앤의 사랑을 다음과 같이 염려한다.

> 엘리너에게 그들의 사랑은 그다지 놀랄 만한 일은 아니었다. 다만 너무 드러내지 않았으면 했다. 한두 번은 메리앤에게 표현을 좀 자제하는 편이 좋겠다며 넌지시 조언을 하기도 했다. 그러나 메리앤은 부끄러울 것이 없는데 왜 일부러 숨겨야 하냐며 거부했고, 누군가에게 비난받을 일이 아닌 감정을 절제하려는 노력은 불필요할 뿐만 아니라 낡고 그릇된 생각에 이성을 종속시키려는 수치스러운 일로 여겼다.

이렇게 다른 두 자매의 모습은 각각 이별을 맞은 대목에서 절정에 이른다. 항상 자신의 감정에만 충실해 이성적 사고를 하지 못하던 메리앤은 이별과 동시에 자기 자신을 잃게 된다. 슬픈 감정에 매몰되어 자신을 돌보지 못하고 주변을 신경 쓰지 못한다. 이를 통해 작가는 메리앤과 같은 감정의 과잉이 삶의 고통에서 헤어나오지 못하게 할 뿐만 아니라 오히려 더 깊은 수렁으로 빠지게 한다는 것을 보여준다. 물론 삶에서 풍부한 감정을 느끼는 것은 대단히 중요하지만, 그것을 조절하지 못하는 순간 인간이 얼마나 나약해지는지를 말이다.

두 사람이 헤어진 이유가 무엇이든, 동생이 고통스러워하고 있다는 것은 분명했다. 엘리너는 격한 슬픔에 몸부림치는 동생이 너무나 안쓰러웠다. 메리앤은 분명 위안 삼아 그 슬픔에 흠뻑 젖어있을 뿐만 아니라 심지어 그걸 더욱 부추기고 있을 터였다.

메리앤은 윌러비가 떠난 날 밤 잠시라도 눈을 붙일 수 있었다면 그런 자신을 혐오했을 것이다. 또 잠을 자고 일어나 자신의 상태가 전날보다 나아졌다면 가족들 얼굴을 볼 면목이 없었을 것이다. 그러나 이렇게 점점 무뎌지는 과정을 수치스럽다 생각해 왔던 그녀의 감정은 그런 모습을 절대로 허용하지 않았다. 그녀는 매일 밤을 눈물로 지샜다. 자리에서 일어날 때면 두통을 호소했고, 말도 제대로 할 수 없었으며, 식음을 전폐했다. 지켜보는 어머니와 동기들의 마음을 매번 안타깝게 했고, 그 누구의 위로도 들은 척하지 않았다. 그녀의 감성은 지독히도 강력했다.

이렇게 자신의 감정에 휘둘리고 고통 속에 스스로를 내맡기던 메리앤은 결국 병을 얻어 사경을 헤매고 나서야 잘못을 깨닫게 된다. 분별력 없던 자신의 과거를 뉘우치고, 언니와 자신을 비교하며 언니의 모습을 닮아가겠다는 의지를 보인다.

"너, 네 처신을 그 사람의 처신과 비교하고 있니?"

"아니. 마땅히 해야 했던 처신을 생각하고, 내가 했던 처신을 돌아보며 반성하는 거야. 언니의 처신과 비교해 보는 거지."

"너와 나는 상황이 달랐어."

"아니, 그렇지 않아. 엘리너 언니, 언니가 평소에 가지고 있던 소신과 판단으로 마땅히 비난해야 하는 일을 나라서, 내가 동생이라서 감싸려고 하지 마. 그동안 앓으면서 많이 생각했어. 아프니까 진지하게 사색할 여유도 생기고, 그러다 보니 평정심도 찾게 되더라. …… 나는 스스로에게는 경솔했고, 남에게는 야박했어. 결국 내 감정이 이런 고통을 예비한 거고, 예정된 그 고통을 꿋꿋하게 견디지 못했기 때문에 난 죽을 뻔했던 거야."

"언니는 너무 착해. 앞으로 나는 내가 생각하고 말한 대로 행동할 거야. 그러니 믿고 지켜봐 줘. 계획을 다 세워놨어. 내가 그걸 지킬 수 있다면, 난 성격도 고치고 감정도 절제하며 살 거야. 더 이상 내 감정으로 다른 사람들을 걱정하게 하고 스스로를 고통스럽게 하지 않을 거야."

소설은 이렇게 메리앤의 변화 의지를 보여주며 끝을 맺는다. 이 결말을 통해 우리는 무엇을 생각해 보아야 할까?

인간이기에 갖는 자연스러운 감정을 억제할 필요는 없다. 그러나 인간이기에 가져야 하는 이성적인 판단 능력을 잃고 감정에만 휘둘린다면 삶을 자신의 의지대로 바르게 살아갈 수 없게 된다.

이 이야기는 삶이 내 선택에 따른 행복과 고통의 끊임 없는 연속이라고 할 때, 선택의 결과로 얻는 행복과 고통이 감성의 영역이라면 선택을 이끄는 것은 이성임을 보여준다. 설령 자신의 선택이 고통을 낳더라도 다음 선택을 올바르게 이끌 수 있는 진정한 힘은 이성인 것이다.

'이성'이라는 단어가 주는 추상성 때문에 그 의미의 해석이 모호할 수 있어, '분별력'이라는 단어로 보충하고자 한다. 《이성과 감성》의 원래 제목은 'sense and sensibility'인데, 여기서 'sense'는 '이성, 분별력'으로 해석된다. 표준국어대사전에서 '분별력'이라는 단어를 찾아보면 그 뜻이 다음과 같이 명기되어 있다.

분별력(分別力)「명사」
1. 서로 다른 일이나 사물을 구별하여 가르는 능력.
2. 세상 물정에 대하여 옳고 그른 것을 판단하는 능력.

그리고 연관 단어로 '양식', 'good sense'가 등장한다. 일상적으로 쓰이는 이 단어의 뜻은 '사려 깊게 행동하는 사람이 가진 상식'이다. 이 말을 철학적 의미로 사용한 사람은 프랑스의 철학자 데카르

트인데, 그에 의하면 양식은 모든 사람이 갖는 것이며 이것에 의해 사물의 진위가 식별된다고 한다. 여기에서 올바른 양식을 기르는 일의 중요성이 대두되는데, 데카르트는 그 방식을 그의 철학에서 언급하고 있다. 또 그는 단지 인식의 문제뿐만 아니라 생활상에서 도리에 맞는 판단의 기초가 되는 것이 양식이라고 말한다. 그는 누구나 갖추고 있는 양식을 올바르게 적용하는 일, 즉 방법이 무엇보다 중요하다고 했다. 양식은 단순히 학문적인 진리를 인식할 때 발휘되는 데 그치지 않는다. 그것은 우리가 마주하는 선택의 순간순간마다 무엇을 선택해야 할 것인가를 결정할 때 특히 중요하다.

참고로 19세기 초 문학사적 흐름을 이끈 낭만주의 운동은 18세기 계몽주의, 고전주의의 이성과 합리에 대한 반발로 시작되었다. 이성과 합리성에 의해 억압된 인간 본연의 정서와 개성을 표현하자는 것이 낭만주의의 기본 의식이다. 고전주의 작품과 낭만주의 작품을 비교해 보는 일은 당시 문학사에 대한 이해를 넓힐 뿐만 아니라 이성과 감성에 대해 깊이 고찰하는 방법 중 하나이다.

3. 진정한 사랑이란 무엇인가

제인 오스틴이 《이성과 감성》을 통해 독자에게 전달하고 싶었던 진정한 사랑의 의미는 무엇일까? 엘리너와 에드워드 페라스, 메리앤과 브랜던 대령의 뜨겁게 불타는 사랑을 기대했던 독자라면《이성과 감성》을 읽고 '이렇게 맥 빠진 사랑도 있단 말이야?'라며 실망할지도 모른다. 이 두 커플의 사랑은 우리가 생각하는 열렬한 사랑의 모습은 아니다. 오히려 메리앤과 윌러비의 관계가 열렬한 사랑에 가깝다. 앞뒤 가리지 않고 서로만 바라보는 사랑을 하는 메리앤과 윌러비를 두고 엘리너와 브랜던 대령은 아래와 같은 대화를 주고받는다.

"동생분은 두 번째 사랑 따위는 생각하지 않는 것 같습니다."
"맞아요." 엘리너가 말했다. "메리앤의 생각은 정말 낭만적이지요. 두 번째 사랑이라는 것 자체가 존재하지 않는다고 생각하는지도 몰라요. 그렇지만 시간이 지나면 관찰과 상식을 기준으로 생각 정리를 하겠지요. 그때는 저 아이의 생각을 정의하고 정당화하기가 지금보다는 더 쉬워질 거예요."
"그렇지만 젊은 시절의 편견이란 한편으로는 사랑스럽기도 해서, 그걸 벗어나 일반적인 상식을 받아들이는 것이 안타깝기도 합니다."
"메리앤이 가지고 있는 것과 같은 감정은 불편한 부분이 있어요. 세상에 대한 열정과 무지가 주는 온갖 매력도 그것들을 보상할 수는 없어요. 저 아이는 예의범절 따위는 몽땅 무시해 버리는 경향이 있어요."

이 둘은 메리앤과 윌러비가 보여주는 사랑의 한계를 인식하고 있지만 엘리너는 그것을 분별없는 사랑이라고 이야기하고, 브랜던 대령은 젊은 시절에만 누릴 수 있는 순수하지만 온전하지 않은 사랑으로 이야기한다. 브랜던 대령 역시 메리앤과 같은 강렬한 첫사랑의 기억과 아픔을 지니고 있다. 그 첫사랑의 고통 이후 단지 강렬한 애정만으로 사랑을 완성할 수는 없다는 것을 깨닫게 된 것이다. 그렇다면 진정한 사랑의 완성은 어디서 오는 걸까?

열렬한 사랑으로 보이던 윌러비와 메리앤의 관계는 결국 윌러비의 변심으로 파국을 맞게 되고, 그는 돈 때문에 사랑을 포기하는 바람둥이로 전락한다. 그런데 이야기의 끝부분에서 제인 오스틴은 메리앤을 잊지 못하고 잘못을 비는 윌러비의 모습을 통해 메리앤에 대한 그의 마음이 진심이었음을 보여준다. 그냥 사랑을 이용하는 악인으로만 두어도 됐을 윌러비를 제인 오스틴은 왜 사랑했던 마음만큼은 진심이었던 것으로 설정했을까? 윌러비는 상대방에게 자신의 애정에 대한 확신과 관계에 대한 신뢰를 주지 않은 인물이다. 이러한 인물과의 관계를 통해, 감정은 진심이었을지 모르나 신의가 없다면 결국 거짓이라는 것을 보여주려는 의도가 아니었을까?

이와 반대로, 진실한 애정이 없는 신뢰와 약속은 또한 얼마나 허망한 것인가를 에드워드 페라스와 루시 스틸의 관계를 통해 보여준다. 에드워드는 어린 시절 어리석은 끌림의 순간에 한 약속을 지키기 위해 사랑하지도 않는 루시와 결혼하려는 마음을 먹는다. 에드워드는 사랑하면서도 신의를 지키지 않는 윌러비와는 대조되는 인성을 보인다. 루시 역시 자신을 사랑하지도 않는 남자를 자신의 욕심 때문에 놓칠 수 없어 붙잡는 것일 뿐 진정한 애정을 가지고 있는 것은 아니다. 제인 오스틴은 둘의 관계를 통해 애정이 없는 결혼은 결코 행복할 수 없음을 보여준다.

“어리석고 바보 같았던 끌림이었습니다.” 에드워드가 말했다. “저는 세상을 너무 몰랐고, 달리 할 일도 없었습니다. 열여덟 살에 프랫 씨의 보호에서 벗어났을 때, 어머니가 제게 무언가 일거리를 주셨더라면 단언하건대 그런 일은 없었을 겁니다. 그 당시 롱스테이플을 떠나면서 그분의 조카에게 억누르기 힘든 호감을 가졌다고 생각했지만, 제게 시간을 쏟아 집중해야 하는 어떤 일이라도 있었다면, 그로 인해 그녀와 거리를 둘 수 있었다면 그 환상을 벗어날 수 있었을 겁니다. 만약 그랬다면 저는 세상에 섞여 더 많은 사람들을 만날 수 있었을 테니까요.”

카드 탁자에 앉으며 엘리너는 우울한 결론을 내릴 수밖에 없었다. 에드워드는 결혼할 상대에게 애정이라고는 조금도 없으며, 결혼을 통해 행복해질 가능성은 전혀 없다고. 여자 쪽이라도 진실한 애정을 가지고 있다면 일말의 가능성이라도 있을 텐데, 이 경우에는 남자가 약혼에 지쳐있다는 것을 뻔히 알면서도 여자가 오직 자신의 이해관계에 따라 지난 약속에 남자를 묶어놓은 것이니 말이다.

결국 제인 오스틴은 우리가 사랑의 모습이라고 착각하기 쉬운 열렬하고 뜨거운 사랑의 순수함은 풋풋한 진심일지는 몰라도 완성된 사랑의 형태는 아니라고 이야기한다. 그녀는 사랑이란 서로에 대한 진실한 애정과 변치 않는 신의를 동시에 갖출 때 비로소 완성되는, 잔잔하지만 따뜻한 것이라고 말하고 있다.

오만과 편견

Pride and Prejudice, 1813

제인 오스틴의 소설 중에서 가장 유명한 만큼 많은 독자들에게 사랑받는 작품이며, 작가 스스로도 《오만과 편견》에 대해 "이 작품은 너무 가볍고 밝고 반짝거려서 그늘이 필요하다."라고 말했을 정도로 애정을 가진 작품이다. 작품에는 다양한 유형의 연애와 결혼 양상이 등장하는데, 이를 통해 연애와 결혼에 관한 제인 오스틴의 관찰력과 통찰을 엿볼 수 있다.

1. 줄거리와 등장인물

① 줄거리

네더필드 지역의 베넷가는 딸만 다섯을 두었는데 순서대로 제인, 엘리자베스, 메리, 키티, 리디아다. 베넷 집안은 지위에 비해 가난하여 자식들에게 상속할 변변한 재산이 없다. 이 와중에 재력과 지위가 상당한 빙리가의 남매와 빙리의 절친인 다아시가 네더필드로 이사를 오면서 새로운 인연이 시작된다. 베넷 부인은 빙리와 자신의 딸 중 누군가를 결혼시키고 싶은 부푼 꿈을 가지게 된다.

무도회에서 큰딸 제인을 처음 본 빙리는 그녀의 아름다운 외모에 반해 호감을 표현하고, 제인 역시 친절하고 매너 있는 빙리를 마음에 두게 된다. 반면 다아시는 무도회에 참석은 했으나 자신과 다른 교양 없는 사람들과 어울리고 싶은 마음이 없어 춤도 추지 않고 차갑고 냉소적인 태도로 시종일관 행동한다. 빙리는 다아시에게 춤을 권하지만 자신에게 맞는 여성이 없다며 이를 거절하고, 이를 들은 엘리자베스는 다아시의 오만함에 불쾌감을 느끼고 그를 싫어하게 된다.

제인은 빙리의 저택에 초대를 받은 날 감기에 걸리게 되고, 그로 인해 빙리의 집에서 한동안 머물게 된다. 그런 언니가 걱정된 엘리자베스는 빙리의 저택에 가서 함께 지내는데, 다아시는 교류할수록 재치 있고 솔직하며 당당한 엘리자베스에게 사랑의 감정을 느낀다. 그러나 엘리자베스는 첫인상 때문에 다아시의 모든 행동을 오만방자하며 자신을 무시하는 것처럼 느낀다. 이렇게 둘은 서로 다른 마음을 가지게 된다.

이 와중에 한정상속 제도로 베넷 집안의 유산을 상속받게 될 사촌 콜린스가 집에 찾아왔다가 엘리자베스에게 청혼을 하지만 거절당한다. 그는 엘리자베스의 친한 친구인 가난한 루카스 집안의 샬럿에게 청혼하여 결혼한다.

한편 빙리가 제인을 좋아하는 것을 반대하는 빙리 누이의 계략과 다아시의 결혼 반대로 빙리는 네더필드를 떠나게 되고, 제인은 실연의 상처로 힘들어하다가 런던으로 여행을 떠난다.

이후 잘생기고 사교적인 장교 위컴이 엘리자베스에게 호감을 표시하고, 엘리자베스도 그를 긍정적으로 생각하게 된다. 그러나 제인은 위컴과 다아시 사이에 남들에게 말하지 못할 사연이 있음을 알게 된다. 위컴은 제인에게 다아시가 질투로 인해 자신에게 파렴치한 일을 벌였다고 털어놓는다.

그 이후 다아시를 바라보는 엘리자베스의 부정적 편견은 더욱 심해진다. 그러나 샬럿의 집에 초대받아 지내면서 뜻하지 않게 다아시와의 교류가 계속된다. 그러던 어느 날, 그의 친구로부터 다아시가 제인과 빙리의 관계를 반대했다는 것을 알고 자존심에 큰 상처를 받는다.

이러한 엘리자베스의 마음을 알 리가 없는 다아시는 깊어지는 감정을 참지 못하고 그녀에게 청혼을 하고, 엘리자베스는 이를 무례하게 거절한다. 거절의 이유를 알게 된 다아시는 자신을 오해하는 엘리자베스에게 편지를 써서 마음을 전한다. 편지의 내용은 위컴과 다아시의 관계에 대한 오해와 자신의 과거를 사과하는 내용으로, 이 편지 덕분에 엘리자베스는 자신의 편견을 반성하고 오해했던 다아시에 대한 마음의 변화를 겪는다.

다아시를 피하고 싶으면서도 한편으로는 그리워하게 된 엘리자베스는 외삼촌, 외숙모와의 여행에서 우연히 다아시를 만나게 되고, 여전히 친절한 그의 태도에 마음이 흔들리며 아직도 자신에게 마음이 있는지 확인하고 싶어한다. 그러나 엘리자베스는 동생 리디아와 위컴이 야반도주를 했다는 소식을 듣고 서둘러 여행을 그만두고 집으로 돌아오게 된다. 절망하던 엘리자베스의 가족들은 외삼촌의 도움으로 겨우 리디아를 찾아 위컴과 결혼식을 올리게 하는 것으로 일을 마무리 짓는다. 이 과정에서 엘리자베스는 다아시가 이 사건을 해결하기 위해 남몰래 애를 쓴 것을 알게 되고, 그에게 고마운 마음과 함께 애정도 커지게 된다. 한편 돌아온 빙리는 제인에게 청혼을 하고, 둘은 결혼을 약속한다. 또한 엘리자베스에 대한 마음을 접을 수 없었던 다아시는 다시 한번 그녀에게 청혼하고, 이제야 서로 같은 마음임을 확인한 두 사람은 결혼에 성공한다.

장자상속, 한정상속 제도

'장자상속'이란 한 가문의 토지는 장남에게만 상속된다는 것이다. '한정상속'이란 토지가 가문의 아들에게만 상속이 되더라도, 아들이 함부로 땅을 처분할 수 없게 만든 제도이다. 토지의 처분은 두 세대를 건너 손자에게 상속이 되며 아들은 토지에서 나오는 수입만 사유할 수 있었다. 이는 영국에서 가문의 토지가 분할되지 않고 그대로 유지할 수 있도록 만들어놓은 제도로, 부유한 남성 중심의 사회에 유리한 토지제도이다. 여성은 토지 재산을 물려받을 수 없으므로 집안에 남성 자식이 없다면 다른 사촌의 장자에게 상속권을 부여하게 된다.

② 등장인물

베넷: 엘리자베스의 아버지

재치 있고 사리 분별력을 갖추고 있으나, 다소 냉소적이며 내성적인 성격으로 추진력은 부족한 인물이다. 여러 딸 중에서도 특히 둘째인 엘리자베스를 가장 아끼고 사랑하며 그녀의 말을 믿고 지지하는 인물이다.

"엘리자베스, 너는 아주 불행한 선택을 해야만 한단다. 오늘 이후로 너는 나나 네 어머니 중 한 사람을 보지 못할 거야. 네가 콜린스 씨와 결혼을 하지 않으면 네 어머니가 너를 보려 하지 않을 것이고, 만일 네가 그 사람과 결혼을 한다면 내가 너를 보지 않을 테니까."

그녀가 방을 나설 때 그가 말했다. "메리나 키티를 찾는 젊은이가 오면 들어오라고 해. 지금 난 한가하니까."

베넷 부인: 엘리자베스의 어머니

결혼을 여성 인생의 궁극적 목표로 생각하는 인물로, 수다스럽고 교양이 없다. 딸들의 생각이나 상대 남성에 대한 판단 없이 결혼만을 위해 행동하는 것에서 우스꽝스러움이 유발된다. 제인을 빙리와 결혼시키는 것만이 목적인 인물로 표현되어, 딸이 감기에 걸려 집에 돌아오지 못하는 상황에서도 걱정은커녕 너무나 행복해하는 모습을 보인다. 제인 오스틴의 풍자적 시선이 반영된 인물이다.

많은 재산을 가진 독신 남자에게 반드시 아내가 필요하다는 것은 누구나 인정하는 진리다. 이런 남자가 이웃이 되면 그 진리는 동네 모든 사람들의 마음에 단단히 자리를 잡아서, 그 사람의 감정이나 생각 따위는 상관없이 그를 자기네 딸들 가운데 하나가 차지해야 할 재산으로 여긴다.

제인: 엘리자베스의 언니

굉장한 미모의 여성으로, 어딜 가나 주목받으며 누구에게나 착하고 친절하다. 둘째 엘리자베스와 진정한 자매의 우정을 나누지만, 엘리자베스와는 관점과 성향이 매우 대조된다. 모든 사람을 지극히 좋은 쪽으로 해석하고 받아들이려는 낙천적인 모습은 오히려 현실감각과 판단력이 떨어져 보이기도 한다. 미모와 착한 인성으로 부유한 남성과의 결혼에 성공하며, 주체적이기보다는 주변의 도움과 운에 의해 인생이 결정되는 인물이다.

엘리자베스

쾌활하고 장난기가 많으며 자신의 연애와 결혼에 대해 주체적인 의식을 가진 인물이다. 주변 상황과 인물의 성품을 스스로 판단하며, 이를 믿고 행동하려는 성향이 강하다. 제인을 둘러싼 일들을 현실적으로 평가하고 추진하려는 분별력을 지니고 있으며 단순히 재력만이 아닌 남성의 인품을 보고 결혼하고자 한다.

아래는 경제적 안정만을 위해 결혼을 선택한 샬럿의 행동에 대한 제인과 엘리자베스의 대화이다. 제인과 엘리자베스의 대조되는 관점과 평가를 보면 자매임에도 불구하고 두 인물의 유형이 얼마나 다른지 극명하게 알 수 있다.

"언니는 세상 모든 사람들이 전부 도덕적으로 완성됐다고 생각하고 싫어하지? 그러니 내가 누군가에 대해 나쁜 평가를 내리면 마음이 상하지. 언니는 물론 찬성하지 않겠지만, 난 언니야말로 완벽하다고 생각하고 싶어. 내 생각이 극단적인 게 아닐까, 내가 언니처럼 사람은 누구나 다 선하다고 생각하는 게 아닐까 하고 걱정하지는 마. 그럴 필요 없어. 나에게 세상은 알면 알수록 못마땅한 것 투성이야. 그리고 사람의 성격이라는 게 참 일관성 없고, 겉으로 드러난 미덕이나 분별력 같은 건 믿을 수 없다는 걸 매일 느끼고 있어. 하나는 말 안 할 거고, 다른 하나는 샬럿의 결혼이야. 이걸 어떻게 설명할 수 있지? 이런 저런 생각을 해봐도 이해를 할 수가 없어."

"리지, 그런 생각은 하지 마. 너만 불행해지잖니? 사람마다 성격과 처한 상황이 다르다는 걸 고려해야지. 콜린스 씨의 사회적 지위와 샬럿의 신중하고 무던한 성격에 대해 생각해 봐. 또 샬럿 집안은 대가족인데, 재산으로 따져도 나름 괜찮은 만남 아니겠니? 그리고 무엇보다 샬럿이 우리 사촌한테 애정이나 존경심 같은 긍정적인 감정을 느낄 수도 있다고 생각해 봐. 모두를 위해서 말이야."

메리: 엘리자베스의 여동생

못생긴 외모로 인한 열등의식을 가지고 있어 이를 극복하기 위해 독서를 많이 하는 인물이다. 자신의 지적 능력을 남들에게 인정받고 싶어 하는 허영심을 지니고 있다.

리디아: 엘리자베스의 여동생

베넷 집안의 막내딸로, 생각 없고 수다스러우며 경박한 인물이다. 남성들의 관심과 가벼운 사랑을 즐기는 인물로 위컴의 외적인 모습에 빠져 그에게 사랑을 표현한다. 소설의 극적 전개와 엘리자베스와 다아시 사이의 감정이 깊어지도록 하는 계기가 되는 인물이다.

다아시

논리적이고 침착하며 신중한 태도를 보이는 인물이다. 매너는 있으나 차가운 태도와 냉소적인 말로 인해 다른 사람들에게 오만하다는 인상을 풍기는 인물로, 자신의 기준에 미치지 않는 교양과 지위의 사람들에게 거부감을 지니고 있다.

빙리

친절하고 낙천적이며 열정적이지만, 자기 주관이 부족하며 우유부단한 인물이다. 제인을 좋아하면서도 다아시와 주변의 말을 듣고 제인이 자신을 좋아하지 않는다고 생각해 네더필드를 떠난다.

콜린스: 베넷 집안의 유산을 물려받을 사촌

엘리자베스의 시선을 통해 굉장히 노골적인 비판의 대상이 되며, 인물의 과한 행동과 대사를 보여줌으로써 소설을 읽는 독자에게 풍자의 대상이 되도록 묘사한 인물이다. 콜린스는 자신에 대한 열등감이 강해 오히려 이를 감추기 위해 과하게 겸손한 척하며, 모든 일에 자신의 후원자인 캐서린 영부인을 향한 경외감을 표현한다.

콜린스의 아버지는 그를 키울 때 무조건적인 복종을 강요했는데, 이러한 성장 배경으로 인해 그는 아주 비굴한 인간이 되었다. 그러나 그 비굴함은 머리도 나쁘면서 사람들과의 교제마저 꺼리는 사람 특유의 자만심과 예상치 못하게 일찍 성공한 사람 특유의 자부심에 의해 많이 희석되었다. 그는 캐서린 영부인에게 추천을 받아 운 좋게도 헌스퍼드 목사 자리에 앉았다. 이 때문에 그는 영부인의 높은 지위에 대한 존경심과 자신을 후원해 준 것에 대한 감사와 숭배, 성직자로서의 권위 의식과 자만심, 거기에 교구 목사로서의 권한까지 마구잡이로 뒤섞이면서 오만과 아첨, 잘난 체와 비굴함의 결정체가 되었다.

2. 오만과 편견이란

일반적으로 남자 주인공 다아시는 경제적 능력과 사회적 지위로 인한 '오만'을 상징하고, 여자 주인공 엘리자베스는 오해로 인한 '편견'을 상징한다고 생각한다. 하지만 《오만과 편견》을 읽다 보면 제인 오스틴이 단순한 이분법적 사고로 이를 설명하지 않는다는 것을 알 수 있다.

오만(傲慢)「명사」
태도나 행동이 건방지거나 거만함. 또는 그 태도나 행동.
편견(偏見)「명사」
공정하지 못하고 한쪽으로 치우친 생각.

사전적 정의를 빌리자면, 오만은 잘난 체하며 남을 업신여기는 태도와 행동을 말하며, 편견은 자신의 기준으로 집단을 분류하여 균형 있는 사고를 하지 못하는 상태를 말한다.

편견이 생기는 여러 가지의 원인 중 정서적 원인은 바로 '상대적 박탈감' 때문이라고 한다. 자신이나 자신이 속한 집단이 지위나 혜택에서 기회를 얻지 못하고 박탈된다고 여길 때 다른 집단에 대한 부정적 적개심으로 이어져 편견이 발생하며, 이렇게 생긴 편견이 다시 부정적인 정서를 만드는 악순환이 형성된다.

그런데 잘 생각해 보면 오만과 편견의 뿌리는 같다. 근본적으로 오만과 편견은 무리를 구별 짓는 마음에서 생겨나기 때문이다. 나와 너는 다르다며 구별 짓고 자신이 속한 집단이 더 낫다고 생각하는 편견에서 오만함이 나온다. 제인 오스틴은 오만과 편견을 단순히 이분법적으로 생각하지 않고, 인간의 본성에 비추어볼 때 누구나 오만함을 가질 수 있다고 이야기한다. 그래서 엘리자베스의 여동생 메리의 대사를 통해 오만함의 본질을 다음과 같이 설명한다.

"내가 보기에 오만이란 가장 흔한 결함이야."

"지금까지 내가 읽은 것들로 생각해 볼 때, 오만이란 실제로 아주 일반적이라는 것, 인간의 본성은 오만에 쉽게 기울어진다는 것, 그리고 실재든 상상이든 자신이 가지고 있는 여러 자질에 대해 자만심이 없는 사람은 거의 없다는 것은 확실해. 허영과 오만이 종종 같은 말로 쓰이긴 하지만, 엄연히 뜻이 달라. 허영심이 많지 않더라도 오만할 수는 있지. 허영은 다른 사람들이 우리를 어떻게 생각해 주었으면 하고 바라는 것과 더 관련 있고, 오만은 우리가 스스로를 어떻게 생각하느냐와 더 관련 있거든."

이러한 관점에서 결국 오만과 편견은 다아시와 엘리자베스 둘 다에게 적용된다. 다아시는 자신의 사회적·경제적 지위의 우월함에서 오는 오만함을 가지고 있었고, 이 오만함으로 인해 자신보다 지위가 낮은 사람들에 대한 편견을 가지고 있었다. 자신보다 지위가 낮은 사람들은 교양이 없는 존재들이라고 말이다.

또 엘리자베스 역시 사회적·경제적 지위는 비록 자신이 낮을지 몰라도 이성적 변별 능력은 다른 사람들보다 자신이 뛰어나다는 오만함을 가지고 있었고, 그 오만함으로 인해 다아시에 대해 편견을 가지게 되었다. 엘리자베스는 이를 깨닫고 자신의 편견을 스스로 인정한다. 이 둘은 서로를 만나 자신의 오만과 편견을 깨달으며 진정으로 성장하게 된다.

저는 평생 현실에서는 이기적인 인간이었어요. 원칙에서는 아닐지라도요. 어릴 때 무엇이 옳은 것인지에 대한 가르침은 받았지만, 제 성격을 고치라는 가르침은 받지 못했어요. 이 때문에 훌륭한 원칙들을 갖게 되었지만, 그것들을 오만과 자만심을 가지고 실행했지요. 제 가문과 혈족 외에는 신경 쓰지 않도록, 세상 사람들을 다 천하게 여기도록, 적어도 그들의 생각과 가치가 제가 가진 것에 비해 비천하다고 생각하길 원하도록 말이에요."

"나는 변별력에 대해서만큼은 자부하고 있었는데! 다른 건 몰라도 나는 적어도 똑똑하다며 자랑스러워했는데! 때로는 언니가 너무 너그럽고 솔직하다면서 비웃고, 쓸데없이 남을 의심해서 허영심을 만족시켰던 내가 이걸 이제야 깨닫다니 얼마나 창피한 일이야! 그건 사랑이 아니었어. 허영심이었지. 처음 만났을 때 한 사람은 나를 무시해서 기분이 나빴고, 다른 한 사람은 특별한 호감을 표시해서 기분이 좋았기 때문에, 난 두 사람에 대한 선입견과 무지를 따르고 이성을 멀리한 거야. 지금 이 순간까지 스스로에 대해 전혀 모르고 있던 거야."

인간관계에서 상대방에 대한 오만과 편견이 관계에 미칠 부정적인 영향은 누구나 알고 있지만, 자신이 오만과 편견을 가지고 있다고 인정하기는 실제로 어렵다. 인간관계 중에서도 특히 많은 사람들이 사랑하는 사람과 관계에서 '저 사람은 저런 사람이야.'라며 자신의 편견이 옳다는 오만함을 가지고 있다. 다아시와 엘리자베스의 갈등과 사랑으로 제인 오스틴은 우리에게 인간의 본성이 무엇인지, 진정한 관계를 위해서 내가 가진 오만과 편견을 스스로 돌아보는 것이 얼마나 중요한지를 알려준다.

법륜 스님의 저서 《지금 이대로 좋다》에서는 '겸손'과 '당당함'에 대해 "결국 다른 얼굴을 하고 있는 것처럼 보일 뿐, 교만과 비굴은 연결되어 있고 겸손과 당당함은 연결되어 있다."라고 이야기하고 있다. 법륜 스님은 자신과 다른 사람을 비교함으로써 얻게 되는 교만함은 결국 자신보다 높은 사람 앞에서는 비굴해지며, 자신의 삶과 타인의 삶을 모두 존중하는 당당함은 어느 상황에도 겸손함을 가져온다고 말한다.

3. 여성의 주체적인 삶과 결혼

소설 《오만과 편견》과 영화 〈브리짓 존스의 일기〉(2001)를 연결하여 여성의 주체성과 결혼에 대해 이야기해 보려 한다. 《오만과 편견》이 여성이기에 갖는 사회적 제약을 실감 나게 보여주는 한편 엘리자베스라는 여성을 통해 근대 여성의 주체성을 보여준다는 평가를 받는 만큼, 21세기 우리 사회의 여성에게 주는 메시지를 고민해 보고자 한다.

《오만과 편견》에서 엘리자베스에게 청혼을 하는 인물은 다아시와 콜린스이다. 둘은 모두 엘리자베스가 자신의 청혼을 거절할 거라 생각하지 않는데, 이 중 콜린스는 남성 중심 사고를 강하게 보여 풍자적으로 그려진다. 콜린스의 입장에서 여성의 거절은 남성에게 매력을 어필하는 수단일 뿐이고, 여성은 선택받는 것에 감사해야 하는 존재이다.

> "젊은 여자들이 청혼을 받을 때, 수락할 마음을 가지고 있더라도 겉으로는 거절하는 일이 많다는 걸 잘 압니다. 그리고 때로는 두 번, 심지어 세 번까지도 거절한다는 걸 알고 있지요. 그러니 방금 당신께서 한 말 때문에 용기를 잃는 일은 없습니다."

위는 콜린스의 청혼 장면 일부를 제시한 부분이다. 노골적으로 거절하는 엘리자베스의 행동에도 아랑곳하지 않고 그녀의 거절을 믿지 않는 콜린스의 모습에서 당시 여성을 바라보는 남성의 폭력적인 시선을 적나라하게 보여준다.

그렇다면 현재 21세기 여성의 삶과 결혼은 어떤 모습일까? 엘리자베스가 살던 시대와 많이 달라져 있을까? 《오만과 편견》의 서사 구조를 현대적으로 차용한 영화 〈브리짓 존스의 일기〉의 내용을 보며 생각해 보자.

〈브리짓 존스의 일기〉는 출판사에 다니는 32세 브리짓이 주인공이다. 지성미 없고 철없는 브리짓을 결혼시키기 위해 그녀의 어머니는 매년 홈 파티에 새로운 남자들을 데리고 온다. 32세가 되는 해에는 변호사인 이혼남 마크 다아시를 소개받지만, 그는 첫인상에서 브리짓을 무시하는 말을 하고 둘은 서로를 오해하며 파티는 끝이 난다. 이런 브리짓에게 새로운 연애 상대가 찾아오는데, 잘생기고 자유분방하며 솔직한 직장 상사 다니엘이다. 다니엘과 다아시는 과거 일로 인해 사이가 좋지 않은데, 어쩐 일인지 브리짓을 사이에 두고 계속 엮이게 된다.

내용을 보면 삼각관계와 첫인상으로 인한 오해를 풀어가는 《오만과 편견》의 연애 서사와 똑같은데, 엘리자베스와 달리 브리짓은 지성미와 판단 능력을 갖추지 못했고 노처녀로 늙고 싶지 않다는 이유로 다이어트와 각종 연애 도서를 탐독하는 인물로 설정되어 있다. 뚱뚱하고 직업도 변변찮은 자신을 있는 그대로 사랑한다는 마크 다아시의 말에 진정한 사랑을 느껴 그와 연애를 시작한다.

《오만과 편견》과 비교했을 때, 시대가 흘렀음에도 여전히 여주인공은 선택을 받아야만 행복한 존재로 그려지며 심지어 판단 능력도 부족할 뿐만 아니라 외모에 대한 강박은 오히려 더 심해졌다. 〈브리짓 존스의 일기〉만 두고 비교할 때, 당시 사회 풍습 속에서 엘리자베스가 보여주는 당당함과 결혼에 대한 생각이 훨씬 주체적이라는 생각마저 든다. 이러한 비교를 통해 《오만과 편견》을 읽은 독자는 '과연 여성의 주체적 삶이란 무엇일까?', '결혼을 둘러싼 여성의 삶은 어떤 모습일까?'를 자신과 연결하여 고찰해 볼 기회를 가질 수 있다.

이야기를 마무리하며 넷플릭스 영화 〈결혼 이야기〉(2019)에서 주인공 니콜 바버가 이혼을 결심한 이유를 말하는 대사를 제시하고자 한다.

> "솔직히 시작부터 문제가 있었죠. 난 계속 찰리와 그의 인생에 맞춰 살아왔어요. 결혼하고 나서 점차 나 자신이 작아졌어요. 나조차 내 소유가 아니었어요. 작고 큰 물건, 쓸데없는 물건 등 할 것 없이 집에 있는 가구까지 전부 그의 취향이었죠. 내 취향은 스스로 잊어버릴 지경이었어요. 그 누구도 묻지 않았으니까요. 찰리는 날 자기와 별개인 독립적 인격체로 인정하지 않았어요."

4. 다양한 사랑과 결혼의 유형

《오만과 편견》에는 여러 유형의 커플과 결혼이 등장한다. 위에서는 각 인물의 유형을 파악했는데, 이번에는 여러 유형의 사랑과 결혼을 기준으로 작품의 내용을 분석해 보고자 한다. 이 내용은 소설의 내용과 사랑에 관한 심리학 이론을 연결했다.

미국의 심리학자 로버트 스턴버그는 사랑의 3요소를 '친밀감,

정열, 헌신'으로 꼽았다. '친밀감'은 서로 가깝게 연결되어 있다고 느끼는 감정으로, 함께하는 시간이 많아지고 그 시간을 통해 긍정적인 지지와 편안함을 느끼는 것을 말한다. '정열'이란 짜릿하고 강렬한 느낌과 성적인 매력을 느끼는 것을 말한다. 보통 외적인 호감에서 실현이 되어 시간이 지나면 사라지거나 다른 형태로 발전한다. '헌신'이란 상대의 미래를 책임지고 헌신하겠다는 태도를 말한다. 이 3가지 요소가 각기 어떠한가에 따라 사랑을 호의, 짝사랑, 공허한 사랑, 연애, 우애, 뜨내기 사랑, 비애, 완전한 사랑 등으로 나눈다. 이번에는 스턴버그의 사랑의 3요소로 인물들의 사랑과 결혼을 분류해 보려 한다.

① 뜨내기 사랑 또는 짝사랑: 리디아와 위컴

뜨내기 사랑이란 친밀감과 헌신 없이 단기적인 정열만 있는 사랑이다. 친밀감이 제대로 생기지 않은 상태에서 단기적인 욕구 충족에 몰두해 생기는 사랑으로 급작스럽게 사랑이 형성된 만큼 시간이 지날수록 감정이 식어가게 된다.

짝사랑이란 친밀감과 헌신이 약하고, 우연한 계기로 첫눈에 반해버려 한쪽의 열정적인 정열만 있는 상태이다. 상호 친밀감이나 헌신적인 행위가 없이 일방적인 관계이다.

리디아는 일방적으로 위컴을 쫓아다니다가 위컴과 야반도주에 성공한다. 하지만 리디아는 위컴을 진실하게 사랑하기보다는 위컴의 외적인 모습에 반해 사랑을 느끼는 가벼운 모습을 보인다. 심지어 위컴은 리디아에게 그런 열정도 없이 도박과 빚으로 인해 도망갈 수단과 사람이 없어 리디아를 선택한 것으로 나온다.

② 연애: 제인과 빙리

정열, 헌신, 친밀감 중에서 특히 정열과 친밀감이 강한 상태이다. 연애에서 완전한 사랑으로 넘어가기 위해서는 상대방에 대한 헌신이 생겨야 하는 단계의 사랑을 말한다.

제인과 빙리는 전형적으로 서로의 외적인 모습과 성격에 끌려 상호 호감에서 사랑으로 발전한 사이다. 우리 주변에서 흔히 볼 수 있는 유형이 여기에 속한다. 배려와 헌신까지는 가지 못했지만 친밀하고 정열적인 관계의 사랑이다. 소설 속에는 두 사람 간의 갈등이나 갈등의 극복 과정은 나와있지 않아 연애 단계로 분류하였다. 두 사람이 완전한 사랑으로 넘어가기 위해서는 갈등을 스스로 극복하는 과정에서 상대방에 대한 강한 신뢰가 형성되어야 한다. 제인 오스틴은 사랑에 빠진 열정적인 모습을 제인과 빙리의 관계를 물어보는 외숙모와 그에 대한 엘리자베스의 대답으로 절묘하게 묘사했다.

"열렬하게 사랑한다는 표현은 너무 진부하고 의심스러운 데다 막연하기까지 해서 감이 잘 잡히지 않아. 진정 확고한 애정뿐만 아니라 단

삼십 분의 만남으로 생겨난 감정에도 종종 그런 표현을 쓰곤 하니까. 빙리 씨의 사랑이란 게 도대체 얼마나 열렬했길래 그러니?"

"그렇게 확실해 보이는 경우는 지금껏 본 적이 없어요. 빙리 씨는 다른 사람들한테는 차츰 소홀해졌지만, 제인한테는 점점 더 빠져들었거든요. 만날 기회가 있을 때마다 그걸 더 분명하게 알 수 있었어요. 그분은 자신의 집에서 무도회가 열렸을 때도 춤을 신청하지 않아 몇몇 아가씨들의 기분을 상하게 했고, 저도 그분에게 말을 걸었는데 두 번이나 대답을 듣지 못했어요. 이것보다 더 확실한 증거가 있을까요? 다른 사람에 대한 예의조차 잊어버렸다는 것은 그가 사랑에 빠졌다는 확실한 증거가 아닐까요?"

③ 공허한 사랑: 콜린스와 샬럿

공허한 사랑은 정열이나 친밀감 없이 서로에게 헌신을 약속한 경우이다. 서로에 대한 마음 없이 의무만이 존재하는 사랑으로, 서로에게 부담감을 느끼면서 관계만 유지하는 사랑을 말한다. 열정 없이 상대방의 조건만을 보고 결혼할 경우 낭만적인 정서가 없는 공허한 사랑을 하게 될 확률이 높다.

콜린스는 목사관이라는 직업을 안정적으로 유지하는 데 아내가 필요하다는 생각에 적절한 신붓감 선택에 나선다. 처음엔 베넷 집안에서 제인을 선택했지만 제인이 약혼했다는 베넷 부인의 말에 엘리자베스를 선택한다. 그 이유는 첫째 다음 순서가 자신의 짝으로 맞겠다는 생각 때문이었다. 즉 콜린스에게 결혼이란 자신의 직업과 가정의 안정을 위한 제도적 장치에 불과하다.

샬럿의 경우도 콜린스에 대한 애정은 없다. 단지 자신의 가난을 해결할 수 있는 유일한 수단이 결혼인데 콜린스의 직업이 목사라서 안정적이기 때문에 그를 선택한 것이다.

> 콜린스 씨는 똑똑하지도, 함께 있으면 즐겁지도 않은 사람이었다. 그와 함께 시간을 보내는 것은 매우 지루했고, 그녀에 대한 그의 애정이라는 것도 상상 속에서나 존재할 게 분명했다. 그렇지만 그녀의 목표는 언젠가 결혼을 하는 것이었다. 좋은 교육을 받았음에도 불구하고 재산이 없는 젊은 여자에게는 오직 결혼만이 명예로운 생활 대책이었다. 또한 결혼으로 인한 행복 여부가 아무리 불확실하다고 해도, 결혼이 가난에서 벗어날 가장 좋은 방법임은 분명했다.

④ 완전한 사랑: 다아시와 엘리자베스

정열, 헌신, 친밀감 세 가지 요소가 모두 갖추어진 경우로, 완벽하고 이상적인 사랑이다. 남녀 간의 깊은 친밀감과 애정을 바탕으로 서로 미래에 대한 헌신과 배려를 갖춘 경우가 여기에 해당한다. 물론 다아시와 엘리자베스의 관계를 완전히 이상적인 사랑으로 보기는 어려울 수 있다. 다만 작품을 통해 제인과 빙리의 관계에 비해 미래를 위한 헌신과 배려를 갖추고 있음을 확인할 수 있어 완전한 사랑으로 분류하였다.

다음 내용은 다아시가 엘리자베스를 만나면 만날수록 그녀를 사랑하지 않을 수 없었던 다아시의 심리를 서술한 부분이다. 이성적으로 생각했을 때는 그녀를 자신의 짝으로 인정하고 싶지 않지만, 마음으로부터 끌리게 되는 부분에서 엘리자베스에 대한 다아시의 애정이 잘 느껴진다.

처음에 다아시 씨는 그녀가 예쁘다고 인정할 생각이 없었다. 무도회에서 처음 그녀를 보았을 때도 눈에 띄는 미인이라고는 생각하지 않았다. 그다음에 만났을 때도 그녀의 단점만 눈에 띄었다. 그러나 자신과 주변 사람들에게 그녀의 이목구비가 특별히 뛰어나지 않다는 것을 분명히 하자마자, 그는 그녀의 검은 눈에 어린 아름다운 표정이 그녀의 얼굴을 남달리 지적으로 보이게 한다는 것을 깨달았다. 이어 그에 못지않게 체면이 상하는 다른 부분도 알게 되었다. 그녀의 몸매 불균형을 만들어내는 곳을 하나 이상 예리하게 찾아냈음에도 불구하고, 그는 그녀의 발랄한 모습이 보기 좋다는 것을 인정할 수밖에 없었다. 또한 그녀가 상류사회의 예절에 맞지 않는 행동을 하는 것을 알면서도, 오히려 그것이 자연스러운 장난기로 여겨졌다. 그녀에게 빠져들고 있는 것이었다. 그러나 그녀는 이런 다아시 씨의 마음을 전혀 모르고 있었다. 그녀에게 그는 어디서나 불쾌하게 행동하고, 자신을 함께 춤을 추지 못할 정도로 아름답지 않다고 여기는 남자였을 뿐이다.

5. 결혼에 있어서 경제적 조건은 무슨 의미일까?

제인 오스틴의 다른 소설도 연애와 결혼을 주제로 사랑과 경제적 조건에 대해 다루고 있지만, 유독 《오만과 편견》에서 경제적 조건에 대한 고찰이 많이 등장한다.

제인 오스틴은 조카에게 보낸 연애 상담 편지에서 결혼에 있어 애정이 없는 것보다 힘든 것은 없다고 단언한다. 물론 그녀는 경제적 상황과 능력을 무시하고 애정만을 지지하지는 않았다. 당시 사회상을 고려했을 때, 여성은 경제적 능력을 갖추기 어려운 상황이었으므로 결혼은 지금보다 더 세속적 조건이 중요한 요인으로 작용했을 것이다. 그러나 이러한 시대적 흐름에서도 제인 오스틴은 결혼의 본질이 무엇인지를 고민하고, 세속적인 결혼이 주는 파국이 무엇인지 독자에게 잘 전달하고 있다.

샬럿의 결혼 선택에 대한 엘리자베스의 판단, 여자의 돈을 보고 접근하여 자신의 경제적 여건을 개선하려는 위컴에 대한 외숙모와 엘리자베스의 대화는 우리에게 결혼의 진정한 조건이란 무엇인가에 대해 다시 한번 생각해 보게 한다.

"그런데 외숙모, 결혼을 할 때 돈을 밝히는 것과 신중한 것 사이에 어떤 차이가 있는 거예요? 신중함이 끝나는 지점과 탐욕이 시작되는 지점은 어디인 거죠? 지난 크리스마스 때는 그 사람과 제가 결혼하게 될까 봐 걱정하셨잖아요. 경솔한 일이라고 말씀하셨죠. 그런데 지금은 겨우 만 파운드밖에 가지고 있지 않은 아가씨와 결혼을 하려 한다고 그가 돈만 밝히는 사람이라 여기고 싶어 하시잖아요."

"물론 그렇지만, 재산 상속 직후에 그렇게나 빨리 그 아가씨에게 관심을 보이는 건 좀 천박하다는 생각이 들지 않니?"

"어떤 사람이 궁핍한 처지에 있다면, 다른 사람들처럼 우아하게 모든 예의범절을 지킬 여유 같은 건 없을 거예요. 그 아가씨가 괜찮다는데, 우리가 문제 삼을 일은 아니지 않나요?"

"그 아가씨가 괜찮다고 해서 그의 행동이 정당화되는 건 아니잖니. 그건 그저 그 아가씨에게 분별력이나 감성 같은 무언가가 결여되어 있다는 걸 보여줄 뿐이야."

맨스필드 파크

Mansfield Park, 1813

《맨스필드 파크》는 제인 오스틴 소설 중에서도 《에마》와 더불어 장편에 속한다. 당시의 전쟁 상황이나 노예제도 등을 직간접적으로 언급한 부분이 있어 다른 작품에 비해 사회적 · 역사적 배경이 많이 반영되어 있다고 평가받는 소설이다.

1. 줄거리와 등장인물

① 줄거리

맨스필드 파크의 주인인 토머스 버트럼 경은 마리아 워드양과 결혼하여 슬하에 2남 2녀를 두었다. 마리아 워드양에게는 두 자매가 있는데, 노리스 부인과 프라이스 부인이다. 이 중 노리스 부인은 목사인 노리스와 결혼하여 맨스필드 파크의 목사직을 하고 있으며, 프라이스 부인은 돈도 지위도 없는 해병대 대위 프라이스와 결혼해 아홉 명의 아이를 낳았다. 가난한 대위와 결혼을 반대한 버트럼 부인, 노리스 부인과 인연을 끊었던 프라이스 부인은 결국 그 가난을 이기지 못하고 도움의 손길을 청하려 두 언니에게 연락하게 된다.

노리스 부인은 오지랖이 넓고 나서기를 좋아해서 여동생의 첫째 딸인 패니 프라이스를 토머스 버트럼 집안에 위탁해서 키우자는 의견을 제시하고, 토머스 버트럼은 내키지는 않으나 자신의 사회적 지위를 고려해서 그 제안을 받아들인다. 열 살에 이모네 가족들과 함께 살게 된 패니는 사촌들의 무시 속에서 가족의 눈치를 보며 소심하고 수줍음 많은 소녀로 자라게 된다. 맨스필드 파크에서 패니를 유일하게 하나의 인격체로 인정해 주고 도움을 주는 것은 둘째 사촌 오빠인 에드먼드인데, 패니는 이 사촌 오빠를 연모하는 마음을 품지만 그 누구에게도 알려져서는 안 되는 짝사랑을 혼자 감당한다.

어느덧 16세가 된 패니의 주변에는 두 가지 큰 변화가 생기는데, 하나는 토마스 경과 첫째 톰이 사업을 위해 안티과로 떠나게 된 것이고 두 번째는 맨스필드 파크 목사관을 하던 노리스가 죽게 되자 새로운 목사직으로 그랜트 부부가 오게 된 것이다. 그리고 이 일을 계기로 그랜트 부인의 이복동생인 헨리 크로퍼드와 메리 크로퍼드 남매가 맨스필드 파크에 오게 되었다. 활달하고 사교성이 좋은 이 두 남매는 버트럼가 형제의 마음을 사로잡게 되는데, 헨리는 두 자매인 마리아와 줄리아에게 호감을 사기 위해 이 둘 모두에게 애정을 표현하고 두 자매 모두 그를 좋아하게 된다. 그러나 자매 중 첫째 마리아에게는 부유한 약혼자 러시워스가 있어, 사람들은 줄리아와 헨리가 맺어질 것으로 예상한다.

메리는 처음에는 재산을 물려받을 장남인 톰의 마음을 사고자 계획하나, 버트럼 집안과 교류가 깊어질수록 둘째인 에드먼드를 좋아하게 되고 에드먼드 역시 자신과는 달리 활달하고 솔직한 메리를 좋아하게 된다. 이 둘 사이의 애정 관계를 인식하게 된 패니는 남들에게 말하지 못할 짝사랑의 아픔으로 하루하루 고통받는다. 이 와중에 교양은 없으나 사회적·경제적 지위를 갖춘 예이츠를 사교계에서 사귀게 된 톰의 초대로 버트럼가엔 또다시 새로운 사건이 생긴다. 바로 버트럼가에 방문한 예이츠가 자신이 준비하다가 무산된 연극 이야기를 하던 중 연극에 흥미가 생긴 톰의 즉흥적 제안으로 온 집안사람들이 연극 무대를 준비하게 된 것이다.

고민 끝에 결정된 〈연인 서약〉 연극 무대에서 누가 헨리의 상대역을 하는가 하는 배역 선정 문제로 마리아와 줄리아는 서로를 시기하고 질투하는데, 여기서 약혼자가 있는 마리아가 크로퍼드의 상대역을 하면서 둘의 관계가 심상치 않음을 느낀 줄리아는 헨리에게 큰 배신감을 느낀다. 극 중 또 다른 연인 역할을 맡게 된 에드먼드와 메리는 연극으로 인해 서로의 감정을 점차 확인하고 좋아하는 마음이 커져만 간다. 이 와중에 연극 준비를 부적절한 것으로 여기고 반대하던 패니는 점차 연극에 관련된 모든 이들의 고충을 들어주며 연극을 둘러싼 사람들의 갈등을 객관적으로 분석하고 파악하게 된다. 이 경험으로 헨리의 부정한 모습을 비판하고 줄리아의 상처에 공감하며 내색을 하진 않으나 줄리아를 불쌍히 여긴다.

연극은 막바지 준비에 다다르는데, 예상치 못하게 되돌아온 토마스 버트럼의 반대에 부딪혀 연극 무대 상연은 무산이 되고 만다.

이런 혼란 속에서 결국 마리아와 러시워스는 약속된 결혼을 진행해서 소더턴으로 떠나버리고 집이 답답했던 줄리아도 언니를 따라 집을 떠나게 된다. 자매가 떠난 버트럼 집안에서 이제는 어엿한 숙녀가 된 패니가 점차 미모와 성숙함을 인정받게 되고, 사교계에 데뷔하는 등 성장을 보여준다. 한편 패니의 진실되고 순수한 모습에 반한 헨리는 적극적으로 그녀에게 구애를 한다.

그러나 이미 에드먼드를 좋아하는 패니는 헨리의 진실성을 믿지 않고 계속 구애를 거절한다. 그러나 패니의 소극적인 거절에 헨리는 자신의 뜻을 굽히지 않고 급기야 버트럼 경에게 결혼 의사를 전달하고, 그녀의 고통은 극에 달한다. 패니와 친하게 지내면서 그녀를 좋아하게 된 메리와 에드먼드마저 이 둘 사이를 적극적으로 지지하지만 패니는 흔들리지 않고 그를 거부한다. 한편 서로를 이성적으로 좋아하지만 삶에 대한 가치관이 많이 다른 에드먼드와 메리는 좁혀지지 않는 관점의 차이로 인해 직접적으로 구혼을 하지 못하고 서로 갈등만 쌓여간다.

이런 와중에 패니의 마음을 돌려보고자 버트럼 경은 패니를 원래의 가족들에게 잠시 돌려보내는데, 원래 가족들에게 돌아간 패니는 버트럼 집안과 너무나 다른 가정 분위기의 교양 없는 가족에게 실망해 맨스필드 파크를 몹시 그리워한다. 그러던 중 신문에 결혼한 마리아와 헨리의 불륜 도피 행각이 보도되고 설상가상으로 둘째 줄리아도 예이츠와 애정의 도피를 벌여 버트럼가는 충격에 휩싸인다. 이 사건으로 메리와 삶의 가치관이 너무 다르다는 것을 확인한 에드먼드는 메리와의 관계를 완전히 정리하고, 패니는 서둘러 맨스필드 파크로 되돌아온다.

이 사건을 계기로 생각이 크게 바뀐 에드먼드는 자신의 진정한 짝은 패니밖에 없음을 깨닫게 되고, 에드먼드는 결단력과 추진력을 발휘해 아버지에게 결혼 허락을 구한다. 딸들의 부정한 행실에 큰 충격을 받고 패니의 도덕적 인격을 높이 사게 된 버트럼 경은 패니를 위탁할 때 둘 사이를 걱정했던 것과 달리 결혼을 허락하면서 둘은 결혼하게 된다.

② 등장인물

패니 프라이스

세속적 가치관이 아닌 자신의 도덕성과 판단력에 입각하여 행동하려는 내적 강인함을 지닌 인물이다. 내향적이고 수줍은 많은 성격이라 남들 앞에 잘 나서지 않는다. 사람에 대한 예의가 있으며 인간적인 정을 보여주는 인물이다.

에드먼드 버트럼: 버트럼 집안의 둘째 아들

신분을 떠나 패니를 진정으로 생각하고 지지하는 따듯한 성품을 가지고 있다. 사려 깊고 도덕적인 인품을 지녀 패니가 가족들로부터 부당한 대우를 당할 때 정의롭게 도움을 준다. 패니와 전반적으로 가치관과 성향이 비슷하며 버트럼 집안의 다른 형제들과 대조적으로 전통과 보수적인 가치관을 지지하는 특징을 보인다.

토머스 버트럼 경: 패니 프라이스의 이모부

이성적 사고 능력을 바탕으로 주변 상황을 분석하고 결정하려는 신중한 성격이다. 사회적 지위에 맞는 도덕적 성품이 무엇인지를 알고 행하려고 하는 동시에 사회적 지위에 따라 사람을 철저히 구별하는 차별적 사고를 지닌 인물이다. 남성 중심적·가부장적 세계관이 강하고 가족들에게 정서적인 따뜻함을 베풀지 못해 가족들은 모두 그를 두려워한다. 특히 그의 엄격한 규율과 보수적인 사고방식 때문에 두 딸들은 자유가 없는 집을 떠나 아버지를 벗어나고 싶어 한다.

> "곧 어려운 문제가 생길 겁니다, 처형." 토머스 경이 지적했다. "성장하는 아이들 사이에 적절한 구별을 유지하는 문제입니다. 딸아이들은 사촌을 내려다보지 않으면서도 자기 신분은 잊지 않도록 가르쳐야 하고, 그 아이는 기를 너무 꺾지는 않되 자신이 버트럼 가문의 딸이 아니라는 것을 늘 상기하게 해야 합니다. 저는 아이들이 서로 친밀하게 지냈으면 하고, 딸아이들이 사촌 동생에게 조금이라도 오만하게 굴었다가는 그냥 넘어가지 않을 겁니다. 하지만 서로 대등한 관계가 아니라는 것은 부인할 수 없는 사실이지요."

아버지가 집을 비웠을 때 버트럼가의 딸들이 보인 모습은 차마 보기 힘들 정도였는데, 그것은 슬픔에 빠져서가 아니라 슬퍼하지 않아서였다. 딸들에게 아버지는 애정의 대상이 되지 못했다. 그녀들은 아버지가 자신들의 즐거움을 지지해 준 적이 없다고 생각했기 때문에, 불행히도 아버지의 부재는 떨 듯이 반가운 일이었다. 물론 그가 금지했을 법한 쾌락을 찾는 일은 없었지만, 모든 굴레에서 풀려나 당장 기분 내키는 대로 행동하고 무엇이든 마음껏 누릴 수 있겠다는 생각을 했다.

톰 버트럼: 버트럼 집안의 첫째 아들

낭비벽이 심하며 경솔한 성격으로, 즉흥적이며 인생의 유희만을 쫓는 인물이다. 소설 내 특별한 비중은 없으나 둘째 에드먼드와 성격 유형이 대조되는 인물이다.

마리아 버트럼, 줄리아 버트럼: 버트럼 집안의 두 딸

미모와 재주를 겸비하고 있지만, 겉으로만 교양 있는 척할 뿐 실제로는 교양 없고 허영심 많은 이중적 성격의 자매이다. 집안의 엄한 교육으로 도덕성을 갖춘 것처럼 보이지만 본성은 변하지 않아 서로를 질투하고 헨리 크로퍼드의 마음을 얻기 위해 부도덕한 행동도 서슴없이 한다.

버트럼가의 두 딸은 점점 근방에서 미인으로 소문이 나기 시작했다.

아름다운 외모에 재주도 많은 데다 자연스럽고 소탈하면서도 공손한 태도와 예의가 몸에 배어있어, 온 마을 사람들이 그녀들을 칭찬했다. 허영심을 잘 갈무리했기 때문에 오히려 허영심이라고는 전혀 없는 것처럼 보였고, 실제로도 거만한 모습을 보이는 일이 없었다. 이런 두 딸들에 대한 칭찬을 이모가 앞장서서 퍼뜨리고 얹어낸 결과, 그녀들은 자신들에게 아무런 결점이 없다는 생각을 더욱 확고히 하게 되었다.

노리스 부인: 패니 프라이스의 첫째 이모

허풍과 이기심이 강하여 겉으로는 패니를 비롯하여 주변 가족들에게 친절과 사랑을 베푸는 것처럼 행동하지만 철저하게 자신의 이익만을 추구한다. 허영심과 이기심을 표출하고자 사회적 지위와 부를 가진 동생 레이디 버트럼 집안을 이용한다. 주변 사람들 사이에서 돋보이고자 하는 욕구가 강하고 매사 패니를 무시하고 차별한다.

레이디 버트럼: 패니 프라이스의 둘째 이모

남편을 잘 만나 경제적인 풍요로움을 누리는 인물로, 자기 의견이 없고 남편과 언니가 하자는 대로 삶을 사는 의존적인 인물이다. 자식이나 남편에 관한 관심, 걱정보다는 자신의 안위와 편안함을 중시해 매사 별 의욕이 없는 인물이다. 노리스 부인과 대조적인 성향을 보인다.

레이디 버트럼은 공적인 자리에 딸들을 데리고 오지 않았다. 그녀는 성가신 것을 정말 싫어해서, 자신의 번거로움을 감내하고 딸들의 성공과 즐거움을 보는 기쁨을 만끽할 생각이 없었다. 그래서 그 일을 언니에게 넘겼는데, 언니는 오히려 그런 역할을 간절히 바라고 있었기 때문에 돈을 써 말을 빌리지 않고도 사람들과 만날 수 있는 기회를 마음껏 누렸다.

헨리 크로퍼드

정열적이고 솔직한 매력을 가지고 있어 모두에게 호감을 사지만 그만큼 인간관계 특히 남녀 사이를 가볍게 생각하고 자신의 매력으로 여성들의 마음을 뺏는 것을 즐기는 바람둥이 기질을 가지고 있다. 버트럼가 두 자매 모두를 유혹하고, 이들이 떠나자 패니를 유혹하기로 마음먹은 헨리 크로퍼드의 대사에서 이와 같은 성격이 잘 드러나 있다.

부유한 집안에서 좋지 못한 모습을 보며 자라 경솔하고 이기적인 사람이 되어버린 그는 코앞의 일에만 관심을 두고 그 이상을 보려 하지는 않았다. 너무 많은 것을 누려 모든 것이 심드렁해진 그에게 재치있고 아름다우며 자신에 대한 호감을 가지고 있는 두 자매는 흥미로운 상대였다. 그래서 맨스필드에서의 사교적 즐거움을 노퍽에서는 느낄 수 없자 원래 계획된 일정대로 기쁘게 맨스필드로 돌아왔고, 그가 가벼운 불장난을 좀 더 즐기고자 하는 대상인 두 자매도 그만큼 기꺼운 마음으로 그를 맞았다.

"겨우 이 주 만에 치명적 상처를 입을 만큼 유약한 성격이라면 그건 구제 불능이야. 절대 해치지 않겠다고 약속할게. 내가 바라는 건 어렵지 않아. 그저 그 아가씨가 나를 따뜻한 눈길로 바라보고, 홍조와 함께 미소를 자주 띠고, 어디를 가도 내게 자신의 옆자리를 내어주며, 내가 그 옆에 앉아 말을 걸 때마다 생기발랄해지는 것, 그리고 내가 떠날 때는 자신이 다시는 행복해질 수 없으리라 여기면 돼. 그게 전부야."

메리 크로퍼드

자신감 넘치고 솔직하며 유쾌한 성격의 인물로 현실적이고 세속적인 가치관을 지닌 인물이다. 자신의 감정과 생각에 솔직하며 곤란해하는 패니를 도와주는 모습에서 버트럼 집안의 두 자매보다는 인간적인 정을 보여준다.

"언니, 여자든 남자든 아무것도 속지 않고 결혼하는 사람이 몇이나 될까요? 어딜 봐도 온통 그런 사람들뿐인데요. 곰곰이 생각해 보면 사실 그럴 수밖에 없겠다 싶기도 해요. 세상에 있는 온갖 거래 중에 상대방한테는 가장 많은 것을 기대하면서, 자기는 가장 많은 것을 숨기는 게 결혼이니까요."

"어떤 집안과 혼사를 맺으면서 어떤 이익을 기대하거나 아니면 상대방 자체가 대단히 훌륭한 사람이라고 굳게 믿으며 결혼했지만, 결국 그렇지 않았다는 것을 깨달으면서 기대해 왔던 것과는 딴판인 상황을 인내하고 견뎌야 하는 경우를 얼마나 많이 봤는데요. 이런 게 속은 게 아니라면, 달리 무엇이 속은 거겠어요?"

2. '패니 프라이스' 집중 탐구

《맨스필드 파크》의 여주인공 '패니 프라이스'에 대한 평가는 굉장히 다양해 제인 오스틴 소설 중에서도 문제작으로 거론된다. 패니는 제인 오스틴의 다른 소설 속 여주인공과 비교할 때 가정 배경 설정이나 인물 성격의 독특함이 주목받는다. 《맨스필드 파크》를 자아 성장 소설로 분류해 패니의 자아 성장 과정을 중심으로 소설을 설명하는 것이 일반적인 관점으로 인정받고 있다. 패니 프라이스를 다각도로 분석해 인물에 대한 이해를 높이고자 한다.

① '평면적 인물'과 '복합적 인물'로 분류해 보는 패니 프라이스

문학 용어 중 '평면적 인물'과 '복합적 인물'이라는 용어가 있다. 평면적 인물이란 하나의 작품 속에서 자신의 일관된 성격 특징을 유지하는 인물 유형을 말한다. 이야기가 전개되는 과정에서 환경의 변화가 있더라도 자신만의 성격을 그대로 유지한다. 서사 진행 과정에서 성격의 변화가 없기 때문에 독자가 인물의 성격을 파악하는 데 용이하며, 기억에 오래 남을 수 있다는 장점이 있다. 《맨스필드 파크》에서는 톰 버트럼이나 두 자매가 이에 해당한다.

반면 복합적 인물 또는 입체적 인물이란 작품의 서사 진행 과정에서 인물의 성격이 변하는 인물 유형을 말한다. 입체적 성격의 인물 유형은 일상 사건을 통해 자신의 삶을 개척하는 과정에서 개성을 발휘하고 발전하는 인간의 다양한 면모를 보여준다. 패니 프라이스는 자아 성장 소설 측면에서 보면 복합적 인물이다. 어린 나이에 가난한 집안 환경 때문에 사촌 집에 위탁하게 된 패니는 항상 주눅이 들어있고 비교와 무시 속에서 자존감도 낮았다. 제인 오스틴은 어린 나이에 패니가 느끼는 낯선 가족들 사이에서 홀로 이방인이 된 아이의 외로움과 상실감을 섬세하게 묘사하면서 자존감이 낮을 수밖에 없는 패니의 어린 시절을 보여준다.

> 패니는 모두가 무섭고, 스스로가 부끄러웠으며, 떠난 집 생각이 계속나 고개도 제대로 들지 못했다. 목소리는 자꾸 기어들어 가고 입을 열

면 울음이 나올 것 같았다. 패니는 사촌 언니들이 옆에 있든 없든 공부방, 거실, 관목숲 어디에서도 늘 버림받은 기분을 느꼈다. 누구를 만나든 어디에 있든 그저 무서웠다. 그녀는 레이디 버트럼의 침묵에 슬퍼했고, 토머스 경의 근엄한 표정을 두려워하였으며, 노리스 부인의 훈계에 완전히 기가 죽었다. 거기에 사촌 언니들은 그녀의 작은 키를 가지고 놀려 상처를 주고 소심한 태도를 지적하며 무안하게 만들었다.

제인 오스틴은 패니를 이런 환경 탓에 자기 확신이 부족하고 자존감이 낮은 인물로 그리고 있지만, 소설 곳곳에 그 본성과 신념만은 올곧은 인물임을 독자에게 전달한다. 토머스 경이 집을 떠날 때 유일하게 그를 걱정하고 슬퍼한 인물이 패니이며, 집으로 돌아온 토머스 경의 이야기에 관심을 기울이는 인물도 그녀밖에 없다.

패니도 한숨 돌리게 되었고, 그 안도감은 사촌 언니들 못지않았다. 하지만 패니는 그들보다 정이 많아, 그런 느낌을 느끼는 것 자체가 배은망덕하다 생각하여 슬픔을 느끼지 못하는 자신을 진심으로 슬퍼했다.

수줍음 많고 사촌 언니들에 비해 항상 자신의 능력이 부족하다며 스스로를 낮게 평가하던 패니는 다른 사람들과의 교류와 일련의 사건들을 겪으면서 점차 객관적인 상황 판단 능력과 분별력을 키우게 된다. 독자가 서사 진행 과정에서 자연스럽게 패니의 내적 성장을 따라가게끔 제인 오스틴은 서사 구조 속에서 그녀의 성장 스토리를 천천히 풀어나간다.

예를 들어 메리에게 빠져 판단력이 흐려진 에드먼드의 생각을 질투심에 기반하여 부정적으로 평가하는 것이 아니라 객관적인 근거에 의해 둘의 가치관과 성향이 맞지 않음을 꿰뚫어 본다. 또한 연극 공연을 반대하던 에드먼드가 사랑에 눈이 멀어 공연을 찬성하는 것으로 판단을 바꾸는 데 비해 겉으로 표현만 하지 않았을 뿐 패니는 이 문제에 대해 부정적인 시선을 바꾸지 않는다는 점이 대조적이다.

그리고 이야기의 후반부로 갈수록 초반의 자기 확신이 부족하고 남들에게 의사 표현을 하지 못하던 패니는 남들의 말에도 휘둘리지 않고 자신의 뜻을 관철하며 그것을 표현할 수 있을 만큼 성장한다. 그토록 무서워하던 토머스 경의 압박과 회유에도 굴하지 않고 헨리의 청혼을 수락할 수 없다는 장면은 자아 성장의 절정을 보여준다.

"아니에요, 이모부. 그건 아니에요. 전 항상 그 사람이 관심이 내키지 않았어요." 토머스 경은 더욱 놀란 눈빛으로 그녀를 보았다. 그리고 몇 분 동안이나 그는 아무 말도 하지 않고 깊은 생각에 잠겼다. 조카딸 역시 그 앞에서 깊이 생각하며 이어질 질문을 각오하고 마음을 굳게 먹으려 애썼다. 진실을 말하느니 차라리 죽는 게 나았고, 조금만 더 생각하면 들키지 않을 힘이 생길 것만 같았다. 적막을 깨고 토머스 경이 근엄한 목소리로 물었다.

"그의 성품에 문제가 있다고 생각할 이유가 있는 것이냐, 패니?"

"아니요, 이모부."

② 가부장 제도를 기준으로 분석한 패니 프라이스

패니 프라이스는 순종적이며 인내하는 성격 특성을 가지고 있다. 또한 토머스 경이 만들어놓은 질서에 순응하며, 이를 옹호하고 순순히 따르는 모습을 보인다. 그래서 일부 비평가들은 그녀를 전통적 가치관을 답습하는 여성상으로 평가하며 비판하기도 한다. 반대로 결혼에 대해 세속적인 견해를 자유롭게 표현하는 메리나 여성에게 가해지는 억압과 금지된 본능을 자유롭게 표출하는 두 자매를 오히려 가부장 제도에 반항하는 긍정적인 인물로 평가한다. 이들이 본능을 억압받고 희생당한 당시 여성을 상징한다는 의견이다. 이런 의견을 지닌 평론가들은 가부장 제도에 반항하는 인물들은 사랑에 실패하고 부도덕한 인물로 낙인찍히지만, 순응적인 패니는 결혼에 성공하여 기존의 질서를 정당화하는 데 기여했다고 해석한다.

위의 의견과 반대로 헨리 크로퍼드를 선택하길 강요하는 토머스 경과 자신의 가치관 형성에 지대한 영향을 미친 에드먼드의 설득에도 거절의 의사를 꿋꿋하게 밝히는 패니를 남성 중심의 가부장 질서에 대항하는 인물로 평가하기도 한다. 이 견해를 주장하는 평론가들은 결말의 해석도 위와 다르다. 사회적 지위 차이로 자신들보다 낮게 여기던 패니가 맨스필드 파크를 차지하고 당당하게 인정받는 결말 역시 기존 사회적 질서가 전복되는 것으로 가부장제의 모순을 지적한다고 해석한다.

③ 작가가 바라보는 패니 프라이스의 한계점

제인 오스틴은 여주인공인 패니 프라이스 역시 객관적인 시선으로 바라보며 위트 섞인 표현을 사용해 그녀에게도 성격적 한계가 있음을 보여준다.

작가는 패니가 가지고 있는 다소 솔직하지 못한 소극적 성향과 상대방을 향한 과한 배려와 감사가 야기하는 문제점을 날카롭지만 재치있게 표현한다. 헨리가 거절을 받아들이지 못하는 것은 그의 성격적 결함도 원인이 되지만 이에 못지않게 패니의 대응 방식이 영향을 주고 있음을 보여준다.

> 패니는 자기 뜻이 어떤지 잘 알고 있었다. 그러나 자신의 태도에 대해 제대로 판단할 능력은 갖추고 있지 않았다. 그녀의 태도는 도저히 어찌할 수 없을 정도로 온순해서, 그 때문에 자신의 단호한 뜻이 얼마나 가려지는지 알지 못했다. 늘 유순하고 조심스럽게 감사하는 태도로

대하다 보니, 몇 번이나 마음에 없다고 말을 해도 마치 일부러 마음을 억누르는 사람처럼 비춰졌다. 최소한 그에게 듣고 싶지 않은 말들이 그녀 자신도 그 못지않게 괴로운 이야기인 듯 보인 것이다.

패니는 자기 자신을 위해서든 오빠를 위해서든, 감사하는 마음을 가져야 했다. 이 모든 생각이 어우러져서 결국 동정적이며 동요하는 태도로 나타나고, 거절하는 말에도 감사와 염려가 드러났기 때문에 크로퍼드처럼 자부심이 강하며 낙관적인 성격의 사람에게는 관심이 없다는 그녀의 말이 사실인지 아닌지 알 수 없는 것도 당연했다.

④ 캐릭터 구현의 진실성

지금까지 패니 프라이스를 바라보는 다양한 관점을 살펴보았다. 한 등장인물이 이렇게 다양하게 평가받을 수 있다는 것은 제인 오스틴의 인간을 바라보는 관점이 단순하지 않다는 뜻이며, 실제 현실에서 인간이 가지고 있는 복잡성을 분석하여 소설에 녹여냈기 때문이다.

기본적으로 사람의 이야기를 다루는 소설이나 영화에서 이야기를 이끌어가는 캐릭터가 진실성을 확보하지 못하면 독자는 이야기에 공감하기 어렵다. 그만큼 캐릭터의 성격은 서사에서 매우 중요하다. 특히 서사 진행 과정에서 인물의 성격 변화가 있는 경우, 그 변화에 공감을 얻으면서도 독자들이 '그럴 수 있겠다'라는 생각이 들게끔 설득하는 것은 작가의 능력이자 통찰력의 차이일 것이다.

패니의 성장과 인물의 성격에 따른 상징적 의미를 어떻게 평가하느냐는《맨스필드 파크》를 읽은 독자들 모두 다를 수 있다. 그러나 중요한 것은 '인물이 주는 공감과 설득의 깊이가 어느 정도인가'이다. 이는 인물에 대한 평가가 제각기 다른 것과는 별개로 패니가 독자들의 마음속에 깊이 자리 잡는 이유이기도 하다.

3. 연극 〈연인 서약〉

연극 〈연인 서약〉은 당시 인기를 끌었던 극 작품으로, 금지된 사랑 이야기를 담고 있다. 결혼과 정절을 주제로 하는 이 연극은 전통적 윤리에 반하는 내용을 담고 있다. 〈연인 서약〉은 이야기 전개에서 다양한 서사적 장치로 사용된다.

① 인물이 갖는 상징성과 사건 전개 암시

연극 배역 설정이 인물의 관계와 성격을 상징적으로 보여주며 이후 사건 전개가 연극의 배역과 일치하면서 소설 전개를 암시하는 기능을 한다.

② 인물 간 갈등을 심화하거나 관계를 발전시키는 계기로 작용

두 자매 마리아와 줄리아, 헨리의 삼각관계는 〈연인 서약〉으로 그

갈등이 절정에 이르고, 결국 줄리아가 헨리를 포기하게 만드는 결정적인 계기가 된다. 또한 서로의 마음을 알지 못해 혼란스러워하던 메리와 에드먼드는 연극을 통해 숨겨왔던 마음을 전달하고 깊은 사이가 된다.

4. 인물 제시 방법: 직접 제시 vs 간접 제시

《맨스필드 파크》를 읽다 보면, 제인 오스틴이 인물을 형상화하는데 직접 제시와 간접 제시를 탁월하게 이용한다는 것을 느낄 수 있다. 자신이 소설을 통해 전달하고자 하는 주제와 연결하여 등장인물들에 대한 독자의 심리적 거리를 적절하게 조절하는 방식을 이해할 때, 소설의 묘미는 배가 된다.

소설 용어 중에 인물의 성격이나 심리를 독자에게 전달하는 방식을 가리키는 용어로 '직접 제시'와 '간접 제시'가 있다. 간접 제시는 작가가 개입한 흔적을 지우고 객관적으로, 극적으로 서술함으로써 독자가 스스로 정보를 알게끔 하는 방식이다. 다른 표현으로는 '보여주기'라고 한다. 간접 제시는 독자의 상상력을 자극하고 독자마다 인물에 대한 해석 방향이 다양하게 나올 수 있다. 반면 직접 제시는 작가가 인물의 성격을 직접적으로 설명하는 방식이다. 일명 '말하기'라고도 한다. 직접 제시는 독자의 다양한 해석이 제한된다는 단점과 작가의 의도대로 독자의 인물 이해를 이끈다는 장점이 있다.

그렇다면 제인 오스틴이 위와 같은 문학 용어를 소설에서 어떻게 적용하고 있는지 살펴보자. 자신의 의지와 다르게 점차 에드먼드를 좋아하게 되는 메리를 제인 오스틴은 아래와 같이 서술하고 있다.

> 메리 크로퍼드에게는 패니와 같은 섬세한 취향이나 정신, 감정이 전혀 없었다. 아름다운 자연을 봐도 별다른 감흥을 느끼지 못했다. 그녀의 관심사는 오로지 남자와 여자들이었고, 재능은 가볍고 발랄한 쪽으로만 발달해 있었다.

> 하지만 마차 뒤로 쭉 뻗은 길이 이어지거나 언덕길을 오르며 에드먼드가 마차를 따라잡을 때면 돌아 그를 바라보는 것은 패니와 마찬가지였다. 두 사람이 동시에 "저기 있다!"라고 외친 적도 많았다.

첫 번째 부분에서는 패니와는 달리 메리가 가볍고 발랄하며 자연 풍경에서 감정을 느끼는 섬세한 취향이 아니라는 것을 직접 알려준다. 패니와 메리의 차이점을 직접 언급하는 이 부분에서 패니의 시선에서 이야기를 바라보고 있는 독자는 자기도 모르게 메리에게 정서적 거리감을 느끼게 된다.

하지만 이 부분 바로 뒤에 메리가 계속 에드먼드를 좋아하기 때문에 그를 주시하는 모습은 직접 제시가 아닌 간접 제시로, 그녀의 행동만으로 전달된다. 단순히 '메리는 에드먼드를 좋아하는 마음에 패니와 같이 그에게 시선이 갔다.'라고 전달했다면 이 부분은 시시하게 끝이 났을 것이다.

하지만 제인 오스틴은 패니와 다른 성향의 그녀가 패니와 똑같이 에드먼드를 진심으로 좋아하게 되어버린 마음을 그녀의 행동을 통해 간접적으로 보여줌으로써 독자로 하여금 사랑에 빠진 사람의 행동을 관찰하며 그 마음에 스스로 이입하게 만든다. 이는 오히려 메리의 모습을 객관적으로 보여줌으로써 독자는 그 행동의 의미를 파악하고 인물에게 공감 어린 시선으로 바라봄과 동시에 가까워진 심리적 거리감을 느끼게 된다. 직접 제시로 끝을 냈다면 불러일으키기 어려운 정서이다. 이를 통해 짝사랑의 경험이 있는 독자라면 메리의 행동을 상상하며 웃음과 공감을 자연스럽게 느낄 수 있다.

5. 어떤 사람과 결혼해야 할까?

연애와 결혼을 주제로 한 《맨스필드 파크》에는 어떤 시사점이 있을까? 이 소설은 여주인공 패니와 에드먼드의 사랑 이야기보다 에드먼드와 메리의 사랑 이야기가 대부분을 차지한다. 오히려 패니는 일방적인 짝사랑으로 힘들어하는 모습만 등장한다.

제인 오스틴은 에드먼드와 메리가 겉으로 드러나는 서로의 장점에 강하게 끌려 사랑의 감정을 느끼지만, 삶을 바라보는 가치관은 매우 다르다는 것을 계속 보여준다. 에드먼드의 직업인 목사관을 바라보는 관점 차이는 이 둘이 삶을 바라보는 가치관 차이를 극명하게 보여주는 부분이다. 이를 통해 독자는 서로 맞지 않는 둘을 객관적으로 바라보지만, 정작 에드먼드는 사랑의 콩깍지가 씌어 이 부분을 계속 놓치며 객관적인 판단력이 흐려진 모습을 보인다. 메리는 세속적 가치를 삶의 기준으로 삶는 인물이고 에드먼드는 이상적·정신적 가치를 삶의 기준으로 삶는 인물이다. 어느 입장이 옳고 나쁘다는 이야기하는 것이 아니라 삶을 바라보는 가치관이 너무나도 다르다는 것이 중요하다.

그가 장남이라는 조건도 부정할 수 없는 강점이었다. 그녀는 일찍부터 형을 좋아하게 될 것만 같은 예감이 들었다. 자신한테 그게 잘 어울린다는 것을 알았다. 또한 맨스필드와 준남작 지위를 물려받을 예정이라는 것도 장점이면 장점이지 해가 될 리는 없었다. 크로퍼드 양은 이 정도 인물에 위상이면 괜찮지 않을까 하는 생각을 하게 되었다. 꼼꼼히 주변을 살펴봐도 거의 모든 면에서 그의 조건이 나았다.

"하지만 왜 하필이면 성직자가 되려 하세요? 그건 형이 많은 막내가 형들에게 밀려서나 선택하는 줄 알았는데요."

"성직에 큰 의미를 부여하시는데, 사람들이 하는 말과도 다르고 선뜻 납득하기도 어려워요. 성직자가 말씀하신 것처럼 영향력이나 막중함을 보이는 경우가 어디 흔한가요? 사람들 앞에 잘 나타나지도 않는데, 어떻게 그런 힘을 발휘할 수 있다는 건가요? 일주일에 고작 두 번 하는 설교로 그 모든 걸 어떻게 이룰 수 있나요?"

"지금 말씀하시는 건 런던의 성직자들입니다. 그리고 제가 말하고 있는 건 전국의 일반적인 성직자들이죠."

"대도시야말로 전체를 보여주는 적절한 표본이라고 생각해요."

메리가 남자를 고를 때의 속마음, 그리고 에드먼드의 직업인 목사관을 바라보는 둘 사이의 대화는 두 사람의 가치관 차이를 잘 보여준다. 하지만 남녀 사이의 애정이란 본래 이성적으로 분별하기 어려운 대상이기에, 이런 대화를 나눈 이후에도 두 사람의 끌림은 멈추지 않는다.

결국 에드먼드는 서사의 거의 끝부분에 가서야 둘 사이가 어울리지 않음을 인정하고 메리에 대한 애정을 접는다. 불륜을 저지른 헨리와 마리아를 평가하는 둘 사이의 관점이 근본적으로 너무나 다름을 느끼고 메리에게 실망한 것이다. 에드먼드는 불륜 사건에 대해 행동 근본에 도덕성 결여의 문제점을 지적하지만, 메리는 패니가 청혼을 승낙했다면 이런 일이 생기지 않았을 것이라며 둘의 행동으로 인한 결과에만 초점을 맞춰 안타까움을 표현한다.

에드먼드는 이 사건으로 그동안 애써 무시하며 직면하고 싶지 않았던 메리와의 가치관 차이를 깨닫고, 자신에게 맞는 사람은 자신과 삶의 가치관이 비슷하고 도덕적 판단력을 갖춘 패니임을 알게 된다. 메리와 같은 여성을 사랑한 경험이 없다면 패니는 언제나 그에게 따뜻하게 보살펴야 하는 여동생으로 남아있었을 것이다.

결혼 상대로 누구를 선택해야 하냐는 질문에 흔히 가치관이 비슷한 사람을 선택하라는 답을 많이 한다. 가치관은 삶을 어떻게 바라보는가, 살아가면서 중요하게 생각하는 기준이 무엇인가이다. 제인 오스틴은 에드먼드와 메리를 통해 애정의 끌림을 넘어 인생의 동반자가 되기 위해서는 가치관이 얼마나 중요한지 보여준다. 연애의 시작은 각자가 가진 매력에 의한 끌림일지 몰라도 정신적인 연결 없는 애정의 끌림은 그 끝이 분명히 있음을 말이다.

에마

Emma, 1815

《에마》는 제인 오스틴이 아버지의 죽음 이후 겪던 불안정한 생활을 마무리하고 안정기 속에서 집필한 작품이다. 작가로서도 세상에 인정받은 시기에 집필한 《에마》는 그녀의 작품 중 원숙함이 담겨있는 후기 소설에 속한다. 특히 《에마》의 여주인공 에마 우드하우스를 두고 제인 오스틴은 '나 말고는 누구도 그리 좋아하지 않을 여주인공'이라 칭했다고 한다. 이번 내용에서는 에마의 시선을 따라가며 제인 오스틴이 독자들에게 진정 전하고 싶었던 메시지가 무엇이었는지 찾아가고자 한다.

1. 줄거리와 등장인물

① 줄거리

우드하우스는 하이베리에서 제일가는 집안으로, 에마 우드하우스는 이 집의 둘째 딸이다. 언니가 시집을 간 이후 집안의 안주인으로 영향력을 발휘하는 21살의 에마는 당찬 성격과 아름다운 외모를 가지고 있으면서도 결혼에 관심이 없어 독신주의를 선언한다. 이야기는 우드하우스의 가정교사로 일하는, 에마에게 어머니이자 친구처럼 지내온 테일러 양이 웨스턴 씨와 결혼한 사건에서 시작된다. 테일러 양과의 이별을 아쉬워하는 우드하우스 씨는 자신의 둘째 딸이 결혼을 할까 봐 염려하는데, 에마는 아버지를 위해서라도 자신은 결혼할 생각이 없고 단지 다른 사람을 중매하는 일에 흥미와 재능이 있다며 우쭐한다. 에마는 자신이 웨스턴 씨와 테일러 양 사이의 결혼을 오래전에 계획하고 밀어주어 성공에 이르렀다고 생각한다.

테일러 양이 집을 떠나고 새로운 벗이 필요했던 에마는 자신보다 지위는 낮지만 순진하고 착한 해리엇 스미스를 알게 되고, 둘은 급속도로 친구가 된다. 에마는 순진한 해리엇을 중매해서 행복한 결혼을 할 수 있게 도와주겠다는 사명감에 불타 적절한 신랑감을 찾기에 나선다. 이런 행동을 부적절하다고 생각하는 형부의 친형 나이틀리의 만류에도 아랑곳하지 않는다.

그런데 이 와중에 해리엇이 에마에게 자신이 호감을 갖고 있는 사람이라며 농부인 마틴을 알려주는데, 마틴의 사회적 지위가 낮음을 불만족스럽게 여긴 에마는 격식 없는 남자라며 마틴을 깎아내린다. 대신 해리엇의 짝으로 점찍어둔 교구 목사 엘튼이 해리엇을 좋아하고 있다며 바람을 불어넣는다. 엘튼을 자신의 짝으로 꿈에도 생각지 못했던 해리엇은 점차 에마의 말을 철석같이 믿게 되고, 자신보다 사회적 지위가 높은 엘튼이 자신을 좋아한다는 생각에 마틴에게 마음이 있음에도 그의 청혼을 결국 거절한다.

이 사건 이후에도 에마는 엘튼이 자신에게 보이는 관심을 계속 해리엇의 친구라서 그러는 줄로만 생각하고, 모든 엘튼의 말과 행동을 해리엇과 연결 지어 착각한다. 그런 에마에게 엘튼은 청혼을 하게 되고, 그제야 에마는 자신이 판단을 잘못했다는 것을 알아차린다. 자신의 판단 착오가 불러일으킨 사건으로 에마는 친구인 해리엇에게 미안함과 죄책감을 느낌과 동시에 가당치 않게 자신을 넘본 엘튼에 대한 적개심을 느낀다. 엘튼은 에마에게 거절당한 수치심에 하이베리를 잠시 떠나고, 그곳에서 만난 부유하지만 경박한 호킨스 양과 결혼해서 다시 하이베리로 돌아온다.

한편 테일러 양과 결혼한 웨스턴 씨에게는 사별한 전처와의 아들이 있는데, 이 아들이 프랭크 처칠이다. 프랭크는 결혼을 반대했던 외삼촌 부부가 양자로 입양해서 키웠는데 훤칠한 미남에 교양까지 갖춘 인물로 하이베리에 소문이 나 있었다. 이런 프랭크가 새어머니를 뵈러 온다는 사실이 알려지고 결혼을 하지 않겠다던 에마는 프랭크에게 관심을 보이며 그라면 결혼 대상자로 적절하겠다는 상상까지 해본다.

하이베리에 온 프랭크는 에마에게 관심을 표현하고, 에마도 그 관심이 싫지 않아 서로 장난 섞인 애정을 주고받으며 남들의 이목을 산다. 심지어 에마는 자신이 싫어하던 동갑내기 제인 페어팩스가 그와 이전에 아는 사이라는 이야기를 전해 듣자 제인을 흉보며 시답지 않은 농담을 주고받는다. 누군가 신분을 밝히지 않고 제인에게 피아노를 선물한 일화를 들어 제인이 자신을 후원하는 캠벨 대령 딸의 남편과 부적절한 사이인 것 같다며 깎아내린다. 그리고 이런 무례한 농담을 받아주는 프랭크가 자신을 좋아한다고 철석같이 믿고, 호감을 표현하는 그를 자신도 좋아한다고 여긴다.

그러나 프랭크가 외삼촌 댁으로 잠시 돌아간 사이 에마는 자신이 그를 별로 좋아하지 않는다는 판단을 내리게 된다. 그리고 오히려 프랭크를 자신의 친구인 해리엇과 연결해 주는 것이 좋겠다는 생각을 하게 된다. 이 와중에 집시의 공격을 받아 곤경에 처한 해리엇을 프랭크가 구해 주는 사건으로 에마는 그 둘은 운명이라고 믿게 되고, 해리엇이 새롭게 좋아하게 된 사람이 있다는 걸 알게 되자 그 대상이 프랭크라는 생각에 더욱 둘을 응원한다.

그러나 꿈에 부풀어있는 에마에게 충격적인 사실이 전해지는데, 그것은 프랭크와 제인이 이전에 남들 몰래 비밀 약혼을 한 사이이며 피아노 역시 프랭크가 선물로 보냈다는 것이었다. 프랭크는 그동안 비밀 약혼 사이를 들키지 않으려고 에마를 이용했을 뿐 실제로는 에마를 좋아하지 않았다.

이 사실을 알게 된 에마는 자신의 친구가 얼마나 상처를 받았을지 걱정되어 해리엇을 위로하는데, 이에 해리엇은 자신이 좋아하던 상대는 프랭크가 아니라 나이틀리임을 밝힌다. 에마는 자신의 예측이 이번에도 빗나갔으며 상상하지도 못했던 결말을 마주한 것에 큰 충격을 받는다. 그리고 이 이야기를 통해 자신이 실은 나이틀리를 좋아하고 있었음을 깨닫는다. 자신의 삶에서 나이틀리의 결혼은 절대 있어선 안 된다고 생각했던 이유를 그제야 깨닫고 괴로워한다. 이런 사실을 모르는 나이틀리는 에마를 찾아와 그녀에 대한 사랑을 고백하고, 서로의 사랑을 확인한 둘은 결혼에 성공한다. 그리고 해리엇을 계속 사랑했던 마틴의 청혼으로 그 둘도 결혼하게 된다.

에마 우드하우스

부유하고 안락한 가정환경에서 자라 부족함이 없고 항상 당당한 매력을 지닌 인물이다. 외모가 아름답고 매사에 재기 발랄하지만 허영심을 가지고 경솔하게 타인을 판단하기도 한다. 지적 허영심을 가지고 있어 제인 페어팩스를 질투하고 모함하지만 솔직하게 자기의 잘못을 인정할 줄 안다.

나이틀리

분별력 있고 진중한 성격으로, 에마를 아끼고 사랑하며 에마가 진정으로 정신적 성숙을 이루길 바라는 마음에 냉철한 조언도 서슴지 않는다. 해리엇 스미스 중매 사건을 두고 모든 면에서 에마와 의견 차이로 갈등하지만 항상 예의 있는 모습으로 에마를 대한다. 결국 나이틀리의 의견이 다 맞아떨어지면서 에마에게 통찰력을 보여주는 인물이다. 자신이 테일러 양의 결혼을 성공시켰다면서 우쭐하는 에마에게 나이틀리는 그 이면의 허점을 꿰뚫고 에마를 위해 냉정한 조언을 한다. 어쩌다 우연히 짐작이 맞아떨어졌을 뿐 에마가 둘 사이에 실제로 영향을 미친 것은 없으니 허영심을 가질 일이 아니라는 나이틀리의 대답은 이후 에마가 벌이는 착오를 예측이라도 한 듯하다.

"아빠, 제 결혼은 주선하지 않을 거예요. 약속드릴게요. 하지만 다른 사람들의 결혼은 얘기가 달라요. 세상에서 제일 재미있는 일이에요! 게다가 이렇게나 큰 성공을 거두었잖아요! 모두 웨스턴 씨가 재혼을 하지 않을 거라고 했지만, 절대 아니에요!"

"테일러 양과 제가 브로드웨이 길에 있을 때 부슬비가 내리기 시작하자, 그분은 대단한 기사도를 보여주셨어요. 파머 미첼의 집까지 달려가 우산 두 개를 빌려 우리에게 주셨거든요. 전 그때 이미 마음을 정했어요. 바로 그때부터 저는 이 결혼을 계획했던 거예요! 아빠, 이렇게 큰 성공을 보상으로 받은 지금 제가 결혼을 주선하는 일을 그만둘 거라고는 생각하지 않으시겠죠?"

"성공이라는 것은 노력이 전제되어야 하지 않나? 무슨 뜻인지 이해를 못하겠군. 이 결혼을 성사시키기 위해 당신이 지난 사 년 동안 노력이라고 부를 만한 무언가라도 했다면 시간을 적절하고 세심하게 쓴 것이 되겠지. 젊은 여성이 마음을 쏟을 만큼 가치가 있는 일이기도 하고! 하지만 당신이 어느 한가한 날 '웨스턴 씨와 테일러 양이 결혼한다면 그녀에게 참 좋을 텐데.'라고 혼자 생각하고, 이후로도 가끔씩 그런 생각을 다시 떠올린 정도를 결혼 주선을 계획했다고 말한다면, 내가 생각하고 있는 이게 맞다면 당신은 도대체 무얼 자랑스러워하는 거요? 내세울 거라고는 어쩌다 짐작이 맞았다는 것뿐이잖소."

우드하우스: 에마의 아버지

어릴 적부터 몸이 건강하지 못했던 탓에 건강 염려증이 심하고 신경과민을 겪고 있어 쉽게 의기소침해지는 인물이다. 자애롭고 온순한 성격이지만 염려가 너무 과한 탓에 가족들이 자신의 집을 벗어나는 것을 상당히 불안해하며 자기의 보호를 떠나서 결혼하는 일을 불쌍한 일로 여긴다.

부녀의 나이 차가 워낙 큰 데다 부친의 습관과 건강 상태도 좋지 못한 영향을 미쳤다. 평생 허약 체질로 건강을 잃을까 전전긍긍하며 육체적으로나 정신적으로나 활동을 조심했던 부친은 실제 나이보다 더 늙은 것처럼 굴었다. 친절하고 다정한 성격 덕분에 어디서나 사랑을 받긴 하지만, 언제든 돋보이는 재능 같은 건 타고나지 못했다.

해리엇 스미스: 에마의 새로운 친구

사생아 출신으로 아버지가 누구인지 몰라 신분이 낮고 경제적 능력이 없다. 총명하진 않지만 상냥하고 유순한 성격으로, 항상 에마를 찬양하고 자기 주관 없이 에마의 말에 흔들린다.

에마를 만난 이후 사회적 지위나 경제적 능력에 대한 허영심이 생기는 인물이다. 자신을 좋아해 주는 성실한 청년 마틴을 좋아하면서도 분별력 없이 에마의 말에 휘둘린다.

"아니요, 아니에요. 제 말은, 그러니까 전 그럴 생각은……. 아, 어떻게 해야 할까요? 아가씨께서는 제가 어떻게 하는 게 맞다고 생각하세요? 우드하우스 양, 부디 제게 어떻게 하는 게 옳은 건지 가르쳐주세요."

이저벨라 우드하우스: 에마의 언니

가정에 충실하며 정이 많고 상냥하다. 아버지를 닮아 온순하다는 장점이 있으나 건강을 염려하는 성향마저 닮았다. 소설 속에서 역할의 비중은 거의 없다.

존 나이틀리: 에마의 형부

똑똑한 두뇌를 가졌으나 말수가 없고 까탈스러운 기질을 가진 인물이다. 장인과 처제를 배려해야 함을 알지만 인내심이 없어 항상 우드하우스에서 불편한 감정을 드러내는 인물이다.

테일러 양

차분하고 자애로운 에마의 가정교사로, 모두에게 상냥하고 친절하다. 선량하고 유쾌한 성격의 웨스턴과 결혼하여 그의 전처 아들 프랭크와 에마가 결혼하길 바라며 둘 사이를 지지한다.

제인 페어팩스

에마와 동갑내기지만 에마와는 굉장히 다른 성격을 가졌다. 우아하고 기품이 있으며 항상 차분하고 내성적이라 남들 앞에서 자신의 의견을 잘 표현하지 않는다. 이 점이 냉정하게 보이기도 하지만 지식의 수준이 훌륭하고 노래와 피아노를 잘하는 등 교양을 갖춘 여성으로 등장한다.

프랭크 처칠

유쾌하고 자신감과 매너를 갖춘 모습에 하이베리 사람들의 호감을 사지만, 실제로는 나이틀리에 비해 가볍고 자신의 행동에 책임을 질 줄 모르는 인물이다. 원칙에 의한 올바른 처신을 어떻게 해야 할지 몰라 문제가 생기면 회피하는 모습을 보이며, 비밀 약혼이라는 약속을 지킨다는 이유로 오히려 에마를 이용함으로써 정작 사랑하는 여인인 제인 페어팩스의 마음에 상처를 준다.

엘튼

하이베리의 교구 목사로 에마에게 청혼했다가 거절당한 후 천박하고 질투심 많은 호킨스 양과 결혼하여 엠마와 해리엇을 무시하는 수모를 준다. 결혼에 있어 절대 손해를 보지 않으려는 계산적인 사람이며 겉으로는 예의를 갖춘 듯하지만 실제로는 거만하고 무례한 인물이다.

2. 독신을 꿈꾸던 에마는 어떻게 결혼하게 되었을까?

소설 속 에마는 주변에 당당하게 자신이 결혼 생각이 없음을 말한다. 표면적인 이유는 아버지의 염려와 걱정 때문이라고 말하지만 실제로 에마가 보여주는 말과 행동은 그녀가 결혼을 하지 않으려는 것에 다른 이유가 있음을, 또 그녀 역시 누구보다도 적절한 대상과의 결혼을 소망하고 있음을 보여준다.

소설 초반에 나이틀리는 에마가 누군가를 진정으로 사랑해 본 적이 없음을 지적하며 그녀의 독신주의를 허상이라 말한다. 그러면서 에마에게는 상대방이 자기를 사랑하지 않을지도 모르는 상황에서 사랑에 빠지는 경험이 필요하다는 의미심장한 말까지 덧붙인다. 초반에 나오는 내용이기 때문에 독자들은 별 의심 없이 이 말을 지나치기 쉽다. 하지만 소설을 다 읽은 후에는 이 말이 얼마나 많은 의미를 내포하고 있었는지 알 수 있다. 제인 오스틴이 숨겨놓은 일종의 복선이라고 할 수 있다.

> 에마는 절대로 결혼 같은 건 안 한다고 얘기하지만, 의미 없는 말이에요. 에마에게 좋아하는 사람이 있었던 것 같지도 않아요. 좋은 상대와 깊은 사랑을 해보는 것도 나쁘지 않을 것 같다는 생각이 듭니다. 저는 에마가 상대방이 자신을 사랑해 줄 거라는 확신이 없는 채 사랑에 빠지는 것을 봤으면 해요.

아버지와 하이베리가 걱정되어 결혼할 마음이 없다던 에마는 노처녀로 늙는 것이 겁나지 않느냐는 해리엇의 말에 '다른 여자들은 몰라도 나는 결혼을 해야 할 이유가 딱히 없다.'라고 대답한다. 다른 여자들은 팔자를 바꾸기 위해, 또는 사회적 인정 때문에 결혼이 필요한지 몰라도 자신은 그럴 이유가 전혀 없이 지금 모든 것이 충족되어 만족스러운 상태라고 말한다.

"여자들이 결혼을 필요로 하는 요인들이 나에게는 전혀 해당되지 않는걸! 만일 사랑에 빠진다면 모를까. 그렇지만 나는 한 번도 사랑에 빠진 적이 없어. 그건 내 방식도 아니고 성격에도 맞지 않으니, 앞으로도 그럴 일은 없을 거야. 나 같은 사람이 사랑도 없이 결혼으로 팔자를 바꿀 리가 없잖아? 재산도 충분하고, 할 일도 충분하고, 사회적 인정도 충분해. 결혼한 여자 중 자기 남편의 집에서 내가 여기에서 하는 절반이라도 여주인 노릇을 하는 사람, 별로 없을걸?"

하지만 이렇게 독신을 주장하는 에마는 아이러니하게도 프랭크와의 결혼을 상상한다. 분명 결혼에 대한 소망이 있어 보인다. 하지만 에마는 프랭크를 만났을 때도 그에게 첫눈에 반한다거나 마음을 뺏기지 않는다. 프랭크가 자신을 좋아하는지 확인해 본 뒤 호감이 있다고 확신을 한 후에야 마음이 움직인다. 또 에마의 마음속에는 하이베리의 제일가는 집안의 딸인 자신을 좋아하지 않을 리

없다는 생각도 있다.

> '프랭크 처칠'이라는 이름은 무언가 흥미로웠다. 그 이름이 불러일으키는 관념도 그러했다. 에마는 자신이 만일 결혼을 한다면 나이, 성격, 조건 등에서 이 사람이 적당하다는 생각을 자주 했다. 그의 부친이 테일러 양과 후로는 한층 더 했다.

하지만 결국 에마와 결혼하게 된 진정한 사랑은 나이틀리였다. 에마는 나이틀리가 해리엇을 좋아한다고 착각해 자신에게 마음이 없는 그에 대한 연모로 마음 아파한다. 하지만 나이틀리의 알 수 없던 마음을 확인하게 된 에마는 세상을 다 가진 것 같은 행복감을 느끼고, 독신주의를 버리고 결혼을 선택한다.

3. 아이러니와 자유 간접화법

제인 오스틴은 아이러니 기법을 자신의 의도대로 아주 현명하게 활용한 작가이다. 소설을 읽다 보면 절묘한 아이러니가 주는 재치와 풍자의 의미를 느끼며 작가의 능력에 감탄하게 된다. 특히 《에마》는 작품 곳곳에 아이러니가 숨어있어 이 의도를 잘 생각해 보지 않으면 제대로 이해하기가 어려울 수 있다. 여기에서는 문학 용어 '아이러니'의 개념 이해부터 실제 소설에서는 어떻게 사용됐는지 예시를 들며 문학 적용 능력을 키우고자 한다.

① 아이러니란?

아이러니란 문자 그대로의 표면적 의미와 실제로 말하고자 하는 이면의 의미가 서로 상충하면서 모순이 생기고, 이 같은 부조화를 느낀 독자에게 이면의 주제를 강조하게 되는 표현법이다. 아이러니를 해석하기 위해서는 전체 문맥에서 작가가 전달하고자 하는 진짜 의도가 무엇인지 예리하게 분석할 수 있어야 한다. 아이러니는 단순한 웃음 유발 이상의 비판 의식을 담고 있기 때문에 일명 비꼬기, 반어라고도 한다. 아이러니는 인생의 진실을 의미하기도 한다. 삶을 살아가다 보면 인생이 자기 예상이나 기대와는 정반대로 흘러가는 경우가 많은데, 이를 흔히 '운명의 장난이다' 혹은 '아이러니컬하다'라는 말로 표현한다.

아이러니에는 말이나 글에서 문자적 의미에 감추어져 있거나 그와 반대되는 의미를 나타내는 언어적 아이러니, 단편적인 말이나 글을 넘어 이야기 구조 속에서 생기는 구조적 아이러니가 있다. 구조적 아이러니는 다시 상황적 아이러니와 극적 아이러니로 나뉘는데, 상황적 아이러니란 독자의 기대와는 정반대로 흘러가는 상황이나 인물의 상황 인식이 실제와 부조화를 이룰 때 생기는 아이러니다. 극적 아이러니는 연극에서 사용되는 기법으로 관객들은 그 의미를 알아차리는 반면 극 안의 인물은 자기가 처한 상황을 충분히 인식하지 못해 발생하는 아이러니를 말한다.

국내에서 아이러니 기법으로 유명한 소설은 현진건의 단편소설 〈운수 좋은 날〉, 김유정의 단편소설 〈동백꽃〉 등이 있다. 〈운수 좋은 날〉은 운수 좋은 일들이 연달아 일어나는 날이 결말에는 가장 큰 비극의 날이라는 반전으로 인해 아이러니가 발생하며, 〈동백꽃〉은 독자는 알고 있지만 정작 주인공인 '나'는 점순이의 애정을 인지하지 못하는 상황에서 아이러니가 발생한다.

그렇다면 《에마》에는 어떤 아이러니들이 있으며, 그 아이러니로 제인 오스틴이 비판하고자 하는 내용은 무엇일까? 먼저 소설의 제일 첫 장은 에마 우드하우스의 인물 설명으로 시작한다. 문자 그대로 표면의 의미만 읽어보면 에마는 아주 이상적인 여성의 모습을 가지고 있다. 예쁘고 똑똑한 데다 가정도 평화로운, 한마디로 복받은 여성이다.

> 아름다운 외모와 총명함, 부유하고 안락한 가정에 낙천적인 성격까지 가진 에마 우드하우스는 복이란 복은 모두 타고난 듯했으며, 실제로 태어나 이십일 년 가까이 살도록 걱정거리라고 할 만한 것이 거의 없었다.

그런데 초반에 총명하다고 설명한 에마는 서사가 진행될수록 총명함과는 거리가 먼 여성임이 나타난다. 여기서 일차적으로 언어적 아이러니가 발생한다. 분명 처음 부분에서 서술자는 에마를 총명하다고 설명하고 있다. 독자는 이러한 서술자의 설명을 믿고 에마를 분별력 있는 여성으로 생각하며 이야기를 따라가게 된다. 하지만 이런 기대와 달리 에마가 예측하는 인물의 성품이나 의도는 추측하는 족족 빗나가 버리며, 에마의 기대와는 정반대의 결과가 계속 발생한다. 이런 상황적 아이러니 속에서 독자들은 드디어 그 이면에 숨겨진 의미를 찾게 된다. 처음 부분에서 총명하다고 표현한 에마가 실은 총명함과는 거리가 멀다는 것을 깨닫게 되는 것이다.

아래는 해리엇의 수수께끼 시 모음집을 만드는 과정에서 엘튼이 구혼의 의미를 담은 수수께끼 창작 시를 에마에게 전달하는 장면이다. 엘튼이 자신에게 보이는 관심과 애정 표현을 자신이 보고 싶은 대로 친구 해리엇에게 보내는 관심이라고 착각하는 에마의 모습을 볼 수 있다. 해리엇에게 주는 시가 아니라는 엘튼의 대사와 에마를 바라보며 시를 건네는 행동 등에서 독자는 이미 힌트를 알아채 그 의미를 파악하고 있는데, 정작 본인인 에마만이 까맣게 그 의도를 모르고 있는 것에서 아이러니가 발생하고 독자의 웃음을 유발한다.

그러나 바로 다음 날, 영감의 증거가 될 수 있는 결과물이 나타났다. 그가 잠깐 들러 탁자에 낱말 맞추기가 적힌 종이 한 장을 두고 갔는데, 그의 말로는 자기 친구 중 하나가 좋아하는 아가씨에게 바친 거라고 했다. 그러나 그의 거동을 본 에마는 그가 직접 적었다는 것을 확신했다.

"스미스 양의 시 모음집에 넣으라고 드리는 것은 아닙니다." 그가 말했다. "친구가 쓴 것이라 사실 저에게는 사람들에게 공개할 권한이 없습니다. 다만 당신이라면 한 번쯤 보고 싶으실 듯도 해서요."

그는 이 말을 해리엇이 아닌 에마에게 했는데, 왜 그랬는지 에마는 이해가 갔다. 자신의 마음을 의식하다 보니 친구보다는 자신의 눈을 보고 말하는 게 더 편했을 것이었다. 그가 자리를 뜨고 난 뒤, 잠시 뜸을 들인 에마는 미소와 함께 "받아." 하며 종이를 해리엇 쪽으로 밀었다.

"그가 너한테 쓴 거야. 네 거야."

지금까지 실제 소설 속에 어떤 아이러니가 담겨있는지 살펴보았다. 주인공인 에마의 시선을 빌려 이야기를 하면서도 에마를 풍자하는 아이러니를 사용하기 위해 제인 오스틴은 '자유 간접화법'을 적절히 활용했다. 자유 간접화법을 통해 제인 오스틴은 독자가 에마의 시선에서 자연스럽게 사건을 바라보게 하는 동시에 모순이 있음을 깨닫게 한다. 《에마》는 서술 방식과 표현기법이 절묘하게 어우러져 예술성과 재미를 둘 다 잡은 작품이다.

② 자유 간접화법이란?

19세기 중엽 플로베르의 소설에서 본격적으로 나타난 현대 소설

특유의 문체로, 인물의 생각이나 말이 서술자의 말과 겹쳐져 이중적 목소리로 서술되는 화법을 말한다. 그 때문에 인물의 말인지 서술자의 말인지 분간하기 어렵다.

제인 오스틴의 소설은 3인칭 전지적 작가 시점이지만, 특정 인물 즉 여주인공의 시각에서 서술되기 때문에 자연스럽게 독자는 여주인공의 입장에 공감하고 그의 생각을 따라가게 된다. 특히 제인 오스틴이 사용하는 자유 간접화법으로 인해 서술자를 거쳐서 전달된다는 느낌이 줄어들어 독자가 인물의 관점을 자연스럽게 따라가게 된다.

예를 들어 직접화법은 '에마가 "기분이 좋지 않아."라고 말했다.'라고 표현한다면 간접화법은 '에마는 기분이 좋지 않다고 말했다.', 자유 간접화법은 '에마는 기분이 좋지 않았다.'라고 표현한다. 세 가지 화법을 비교해 보면 자유 간접화법이 자연스럽게 시선을 따라갈 수 있다는 것을 알 수 있다.

③ 아이러니를 통해 전달하는 메시지는 무엇인가?

에마는 다른 소설의 여주인공과 달리 집안이 부유하고 사회적 지위가 높은 여성이다. 《오만과 편견》과 비교해 보면 그 차이를 명확히 느낄 수 있다. 《오만과 편견》의 엘리자베스는 하층 양반으로, 자신의 지위와 경제적 능력을 무시하는 상류 계층의 거만함을 경멸한다. 사회적 지위나 경제적 능력을 고려해 볼 때 거만한 고위층

자제가 바로 에마이다.

에마가 자신의 배경이 가진 우위를 항상 인식하고 다른 사람들을 낮게 여기는 모습은 소설 곳곳에서 발견할 수 있다. 자신에게 청혼하는 엘튼을 '감히 교구 목사 따위가 넘볼 위치를 넘볼 것이지.'라며 불쾌해하고, 초청장을 보내지 않은 엘튼의 행동을 자신을 무시하는 교양 없고 예의 없는 것으로 치부한다. 심지어 자신이 그렇게 사랑하던 친구 해리엇이 나이틀리를 좋아한다는 사실을 알고는 속으로 '주제넘게 감히 나이틀리 씨를 좋아하다니.'라며 놀라워한다.

이렇듯 에마는 자신이 가진 지위로 사람을 평가하고 무례한 발언도 서슴지 않는 주인공이다. 처음에 언급했던 것처럼 제인 오스틴이 '나 말고는 누구도 그리 좋아하지 않을 여주인공'이라고 칭한 것도 이 점을 고려한 발언으로 보인다. 에마의 이런 성격적 결함은 그녀가 가진 부유한 집안 배경에서 자연스럽게 발생했을 것이다. 제인 오스틴은 그녀가 가진 결함을 '지적 허영심'이라는 형태로 보여준다. 여기에는 모든 것을 다 갖춘 에마가 정작 자신의 지위에 걸맞은 지적 분별력을 가지지 못했음에도 자신은 이를 모른다는 비판 의식이 담겨있다.

그럼에도 결국 자신의 잘못을 깨닫고 그동안의 행동에 수치심을 느껴 자기반성에까지 이르는 에마를 독자들은 미워할 수만은 없게 된다.

4. 인간의 허영심이란 무엇인가?

에마를 한마디로 표현하면 '허영심'이라고 할 수 있다. 허영심은 에마만이 아니라 인간이라면 누구나 가질 수 있는 것이다.

허영심(虛榮心) 「명사」
자기 분수에 넘치고 실속이 없이 겉모습뿐인 영예, 필요 이상의 겉치레에 들뜬 마음.

'허영심'의 사전적 정의에서 중요한 점은 바로 자기 분수에 맞지 않는다는 부분이다. '자기 분수'라는 말은 부족하거나 모자란 자기의 한계점을 의미한다. 인간이라면 누구에게나 부족한 부분이 있다. 그런데 부족한 부분을 인정하고 보완하는 발전적인 모습이 아니라, 마치 부족하지 않은 것처럼 거짓으로 꾸며낼 때 문제가 발생한다. 이상과 다른 나를 인정하지 않고 남들이 좋게 봐주었으면 하는 마음으로 자신을 포장하는 것이 바로 허영심이다.

허영심은 어떤 부분에서 결핍을 느끼느냐에 따라 지적, 외적, 물적 허영심 등 여러 가지 유형으로 나타난다. 특히 현대인들은 각종 소셜 미디어에 노출되어 타인의 삶을 관찰하고 또 자신의 삶을 과시하는 데 익숙하여 각종 허영심에 쫓기고 있다.

에마는 지적 허영심을 가지고 있다. 에마를 냉철하게 분석하고 그녀를 위해 조언을 아끼지 않는 나이틀리의 말은 독자에게 에마를 평가하는 방향성을 제시한다.

> "에마는 외모에는 허영심이 없어요. 그렇게나 아름다운 외모를 가졌으니까요. 그쪽에는 거의 관심이 없는 듯합니다. 에마의 허영심은 다른 쪽에 있어요."

나이틀리는 에마 스스로는 알지 못하는 지적 허영심을 염려한다. 그 허영심 때문에 에마가 잘못된 교우 관계에 빠지고 중매라는 엉뚱한 일에 관심을 가진다는 것을 알기 때문이다. 자신보다 지적 능력이 떨어지는 해리엇을 옆에 두려고 하는 것은 자신의 열등한 부분을 알지 못하고 계속 인정과 칭찬을 해주는 해리엇을 통해 자기의 가치를 확인하려는 심리가 반영되어 있다.

> "해리엇이야말로 에마에게 가장 부정적인 영향을 미치는 친구가 될 겁니다. 본인이 아는 게 하나도 없어서 에마를 뭐든지 다 아는 사람인 양 우러러보니까요. 해리엇은 에마가 하는 모든 행동에 대해 마구 칭찬을 할 텐데, 그게 거짓이 아니어서 더 좋지 않아요. 옆에 있는 친구가 이렇게 즐거운 열등생의 모습을 보이는데, 에마가 자신은 여전히 부족하고 그러므로 더 배워야 한다는 생각을 어떻게 하겠습니까?"

"아, 우드하우스 양!" 그리고 거듭하여 "아, 우드하우스 양!" 해리엇은 여러 차례 다정히 포옹하면서 이 말만 반복했다. "아가씨의 말씀은 언제나 옳아요!" 해리엇이 소리쳤다.

이런 해리엇과는 달리 제인 페어팩스는 주변 사람들이 모두 칭찬하는 동갑내기로 등장한다. 에마는 제인을 견딜 수 없이 싫어한다. 에마는 그 이유를 냉정하고 소극적인 그녀의 모습이 보기 싫다는 것으로 포장하지만, 결국 에마가 가지지 못한 교양과 지적 능력을 제인이 가졌기 때문이다. 제인은 가정교사를 직업으로 삼을 만큼 지적 수준이 우수하고 우아한 교양을 가졌다. 다른 사람을 깎아내리고 질투하는 것도 결국은 자신이 가지지 못한 부분을 타인이 가졌기 때문이다.

제인 페어팩스가 왜 마음에 안 드는지는 아마도 답하기 어려운 물음이었을 것이다. 언젠가 나이틀리는 에마가 자신이 도달하길 바라는 완전한 여성의 모습을 제인에게서 발견했기 때문이라고 이야기한 적이 있었다. 그 말을 들을 때는 펄쩍 뛰며 부정했지만, 자신에게 그런 마음이 아주 없는 것은 아닐지도 모른다는 생각이 드는 성찰의 순간들이 종종 있었다.

허영심의 끝이 어떠한가는 에마의 내적 갈등을 통해 잘 알 수 있다. 결국 자신의 허영심으로 모든 일이 틀어져 버리고 파국으로 치달았다는 것을 깨달은 에마는 자신이 숨기고 싶었던 그 결핍을 정면으로 마주하게 된다.

제인 오스틴은 에마의 자기반성을 통해 결핍을 인정하지 않는 것은 자신을 속이는 자기기만이며, 허영심의 극복은 나를 인정하고 부족한 자신을 직면하는 것에서 시작함을 독자에게 알려준다.

순간마다 새로운 놀라움이 다가오고, 그 놀라움 하나하나가 그녀는 치욕스러웠다.

이 모든 것들을 어떻게 이해해야 하나! 그동안 스스로에게 해왔던, 또 스스로 믿어왔던 그 기만들을 어떻게 이해한단 말인가!

어리석기 이를 데 없는 실수, 자신의 생각과 느낌에 대한 무지! 그녀는 꼼짝도 하지 않고 앉아있다가, 이리저리 돌아다니기도 했다가, 방에도 들어가 보았다가, 관목숲도 걸어가 보았다. 그러나 어디를 가도, 어떤 자세로 있어도 그녀는 자신이 더없이 나약하게 행동했으며 치욕스럽게도 남들의 말에 속았다는 것, 그리고 무엇보다 치욕스럽게도 스스로 자기 자신을 속였다는 것을 깨달아야만 했다.

그녀는 참아주기 힘든 허영심으로 모두의 숨은 감정을 다 알고 있다고 믿었고, 용서할 수 없는 교만으로 모두의 운명을 조율하겠노라 나댔다. 그 모든 것이 착각이었음이 드러났는데, 그렇다고 아무것도 안 한 것도 아니니 곧 해악이 저질러왔다.

허영심을 다룬 유명한 단편소설 중 기 드 모파상의 〈목걸이〉가 있다. 가난한 마틸드가 공무원인 남편과 결혼해 가난을 불평하며 살고 있었다. 그러던 어느 날 파티에 초대된 마틸드는 초라한 자신의 모습을 감추기 위해 부유한 친구에게 비싼 목걸이를 빌렸다가 잃어버리게 된다. 똑같은 목걸이를 사기 위해 10년을 고생하여 더욱 가난하고 늙게 된 마틸드는 겨우 같은 목걸이를 구해 친구에게 돌려주는데, 친구는 안타까워하며 그 목걸이가 값싼 가짜였다고 말한다. 가짜를 위해 자신의 돈과 세월을 보내버린 반전의 결말과 가짜 목걸이를 진짜로 생각하여 파티에서 자부심을 얻었다는 씁쓸한 진실이 주는 아이러니가 우리에게 허영심의 민낯을 보여준다. 우리가 타인에게 무언가를 가지고 있다고 보여주고 싶은 그 마음속에는 아이러니컬하게도 그 무언가가 없음을 숨기고 싶다는 진실이 있다.

노생거 사원

Northanger Abbey, 1817

《노생거 사원》은 제인 오스틴이 20대 초반에 완성한 첫 장편소설이다. 판권을 계약했으나 출판사와의 문제로 인해 생전에 출판하지 못하고 사후에 출간되었다. 제인 오스틴의 소설 중에서는 서술 문체의 세련도와 전체적인 완성도가 낮다고 평가되는 초기 작품으로, 작품의 예술성보다는 제인 오스틴이 소설을 바라보는 관점, 즉 작가로서의 시각이 드러나는 부분을 집중적으로 다루고자 한다.

1. 줄거리와 등장인물

① 줄거리

주인공 캐서린 몰런드는 시골에서 자란 평범한 소녀이다. 특별히 아름답지도 지적이지도 않은, 순수하고 무지한 열일곱 살 캐서린은 부유하고 친절한 이웃인 앨런 부부를 따라 도시인 배스로 여행을 떠난다. 세상 물정 모르는 캐서린은 배스의 사교계에서 소프 남매를 알게 되고, 이 중 이저벨라 소프와 급격히 친해지며 처음으로 사교계에서의 우정을 쌓는다.

순박하고 호기심 많은 캐서린은 사교계의 질서와 속물적인 인간관계를 잘 이해하지 못하고 어려움을 겪는데, 이 와중에 새롭게 알게 된 헨리 틸니와 서로 호감을 갖게 된다. 캐서린은 잘생긴 외모, 정중한 매너, 재치 있는 입담을 가진 헨리에게 사랑을 느끼는데, 이런 감정이 처음인 캐서린의 행동은 모든 게 서툴고 풋풋하기만 하다. 헨리 역시 이런 캐서린을 사랑스럽게 여기며 재치 있는 대화로 캐서린과의 관계를 이끈다. 그런데 이 둘 사이를 이저벨라의 오빠 존 소프가 계속 방해한다.

존은 캐서린의 집안이 부유하다고 생각해 캐서린을 유혹하기 위해서 허무맹랑한 입담을 늘어놓기도 하고 캐서린과 틸니 남매의 약속을 거짓말로 깨뜨리는 등 부도덕한 행동을 서슴지 않는다. 그러나 캐서린은 존의 행동이 옳지 않다는 것과 자신이 존을 좋아하지 않는다는 것을 알고 있음에도 그의 무례한 행동을 그냥 넘어가 주고, 어리숙하게 속기까지 한다. 이 와중에 캐서린의 오빠와 이저벨라는 서로의 사랑을 확인하고 몰런드 집안에 결혼을 약속받는다.

캐서린은 친구와 오빠의 결혼 약속을 진심으로 축하하지만 이저벨라는 결혼 승낙 과정에서 자신이 생각했던 것보다 물려받을 유산이 적음을 알게 되어 실망한다. 이후 이저벨라는 약혼을 했음에도 군대에서 휴가를 나온 헨리의 형 틸니 대위와 서로를 유혹하여 캐서린의 신뢰를 깨뜨린다. 이로 인해 캐서린은 이저벨라에 대한 평가를 다시 하게 되고, 우정의 진짜 모습을 깨닫는다.

한편 헨리의 아버지 틸니 장군은 사교계에서 본 캐서린의 모습을 마음에 들어하여 아들과 연결해 주고자 캐서린을 자신의 집인 노생거 사원으로 초대한다. 자신을 좋아해 주는 틸니 장군에게 감사함을 느끼면서도 강압적인 그를 무서워하는 캐서린은 기쁨과 두려움이 뒤섞인 복잡한 마음으로 초대에 응한다. 고딕소설을 좋아하는 캐서린은 소설 속에 등장하는 오래된 사원에 대한 기대감으로 흥분에 휩싸이는데, 이 모습을 본 헨리는 오래된 사원에 등장하는 공포스러운 상황들을 이야기하며 캐서린을 놀린다.

노생거 사원에 도착한 캐서린은 자신도 모르게 고딕소설에 등장하는 허구적 상상력을 현실에 투영하여 사원에 숨겨진 비밀을 찾으려 한다. 급기야 캐서린은 틸니 남매의 어린 시절에 돌아가신 어머니 이야기를 듣고 실은 난폭한 틸니 장군이 자신의 아내를 사원 어딘가에 몰래 감금시켜 놓고 세상에는 거짓으로 죽은 것처럼 위장했다고 믿는다. 이 믿음을 밝히기 위해 사원 이곳저곳을 뒤지던 캐서린은 자신의 상상이 허무맹랑한 허구임을 알게 되고, 이런 상상력을 헨리에게 들키는 수모를 겪는다. 그러나 헨리는 캐서린의 허구를 귀엽게 여기고 현실을 직시하도록 도와준다. 현실로 돌아온 캐서린은 노생거 사원으로 온 오빠의 편지를 통해 이저벨라와 틸니 대위의 바람으로 오빠가 그녀와 헤어지고 마음을 정리했다는 사실을 알고 충격에 빠진다. 그러나 틸니 대위는 진정으로 이저벨라를 사랑한 것이 아니라 가벼운 불장난을 원한 것이었고, 이저벨라를 책임지지 않고 군대로 돌아가 버린다.

항상 캐서린에게 신경 써주고 자상하게 대해주던 틸니 대위는 런던에 출장을 다녀온 후 갑작스럽게 태세를 전환하여 캐서린을 집에서 매몰차게 쫓아버린다. 알고 보니 존이 허풍을 떠는 바람에 틸니 대위는 처음에 캐서린이 부유한 집안의 딸인 줄 알고 그녀를 헨리와 연결해 주려 애썼던 것인데, 런던 출장에서 다시 만난 존이 캐서린과 연결되지 못한 분풀이로 그녀의 집안이 아주 가난하고 보잘것없다며 폭로했기 때문이었다.

쫓겨난 캐서린은 집으로 돌아가 상심의 시간을 보내는데, 아버지의 반대를 무릅쓰고 헨리가 캐서린에게 청혼하기 위해 집으로 찾아온다. 이 둘의 결혼을 결사반대하던 틸니 장군은 자신의 딸 엘리너가 아주 부유하고 지위가 높은 남성과 결혼하게 되자 화가 누그러져 이 둘의 결혼을 허락하고 둘은 결혼에 성공한다.

② 등장인물

캐서린 몰런드

소설의 여주인공으로, 평범하고 순박한 성격의 인물이다. 지적 교양이 높지 않은 어리숙하고 순수한 모습으로 등장한다. 자신의 감정에 솔직하고 호기심이 많다. 순수하고 착한 성격 탓에 세속적 현실의 어두운 면을 잘 보지 못하는데, 서사가 진행될수록 점차 냉혹한 현실 세계를 깨닫는다.

> 독자 여러분은 다음 페이지를 읽어도 그녀의 성격을 미처 파악하지 못할 수 있다. 사실 그녀는 다정하며 쾌활하고 개방적이며, 자만이나 가식 같은 것은 찾아볼 수 없었다.

그녀의 나이가 더 많았거나 허영심이 더 있었다면 이러한 공격이 쉽게 통하지는 않았을 것이다. 그러나 그녀는 수줍음 많은 어린 아가씨였다. 그러니 세상에서 가장 매력적인 여자라는 말에 넘어가지 않으려면 남달리 강인한 이성이 필요했을 것이다.
그 결과 몰런드 남매가 소프 남매와의 자리를 마치고 앨런 씨의 거처로 함께 출발했을 때, 제임스의 "캐서린, 내 친구 소프 어때?"라는 물음에 "정말 마음에 드는, 아주 좋은 사람이에요."라고 대답해 버린 것이다. 아마 우정과 공치사가 아니었다면 틀림없이 "전혀 마음에 들지 않아요."라고 대답했을 것이다.

헨리 틸니

자상하고 지적이며 유머 감각을 갖춘 인물이다. 주변 인물을 분별력 있게 평가하고 삶에 대한 자신의 철학을 가지고 있으며 여성에 대해서도 평등한 의식을 가졌다. 사랑을 위해서 아버지의 반대에도 굴하지 않고 자신의 의견을 표현할 줄 아는 책임감과 추진력을 지닌 긍정적인 인물이다.

이저벨라 소프

겉으로는 캐서린과 진정한 우정을 과시하며 허풍을 떨지만, 속으로는 세속적인 목적으로 캐서린에게 접근한 속물이다. 자신의 부정한 행동이 모두에게 밝혀진 이후에도 캐서린에게 자신의 억울함을 호소하며 캐서린을 이용해 다시 제임스와 이어지려 하는 등 뻔뻔하고 교활한 인물이다.

"몰런드 씨가 쉽지 않은 결정을 하신 것 같구나."

소프 부인이 근심 어린 눈으로 딸을 쳐다보며 말했다. "나도 그만큼 할 수 있다면 좋을 텐데. 그분에게 그 이상을 기대할 수는 없겠지. 더 할 수 있으셨다면 반드시 그리하셨을, 훌륭하고 좋은 분이니까. 살림을 시작하기에 400파운드는 넉넉한 건 아니지만, 이저벨라 네가 큰 걸 바란 건 아니니 조금 모자라도 괜찮지 않겠니?"

"저만큼 몰런드 씨를 좋게 생각하는 사람은 아마 없을 거예요. 하지만 누구나 결함은 갖고 있고, 자기 돈을 마음대로 쓸 권리도 있죠."

캐서린은 가시가 있는 듯한 그녀의 말에 마음이 상했다.

"확신하건대, 아버지는 하실 수 있는 만큼을 약속하셨어요."

존 소프

허풍이 심하고 세속적이며 자기중심적인 인물이다. 자기의 목표를 성취하기 위해 거짓말을 일삼으며 전혀 반성 없는 뻔뻔한 태도로 시종일관 캐서린을 유혹하려 한다. 타인에 대한 매너 없는 태도와 함께 자기가 하고 싶은 이야기밖에 할 줄 몰라 이성적 매력이 전혀 없는 인물이다.

이제 소프는 자기 장비의 장점을 늘어놓는 데에 완전히 몰입했다. 이 때문에 그녀는 그의 말이 얼마나 활발하고 기운 넘치게 움직이는지, 그리고 스프링이 얼마나 탁월한 성능을 가졌으며, 그가 얼마나 편한 보폭으로 마차를 몰고 있는지를 내내 칭찬해야만 하는 처지가 되었다. 그녀는 온 힘을 다해 그가 하는 자랑을 모두 받아주고 맞장구를 쳐 주었다. 그보다 더 많이 칭찬하는 것은 도저히 불가능했다.

아니나 다를까 그는 그런 문제는 전부 잊은 듯, 나머지 대화 주제는 온통 자기 자신과 자신의 관심사로 채웠다. 그는 경마에서 우승마를 이번에도 정확히 맞췄다는 둥, 말을 헐값에 사서 믿기 힘들 만큼 비싼 값에 되팔았다는 둥, 사냥 모임에서 자기가 주변 사람들 모두가 잡은 새보다 더 많이 잡았다는 둥 쉴 새 없이 떠들어 댔다.

틸니 장군

가족들과 주변 사람들을 힘의 논리로 지배하는 강압적인 인물이다. 가부장 제도의 모순을 적나라하게 보여주며, 매사에 신경질적이고 자기중심적이다. 자신이 필요한 대상에게는 철저히 매너 있는 모습을 보이지만, 자신에게 필요 없다고 생각되는 대상에게는 인간적인 예의도 지키지 않는 이중적인 성격을 가졌다. 사람을 판단하는 기준이 경제적 능력에 있는 속물적인 인물이다.

틸니 대위

호감형 외모를 지녀 여성들에게 인기가 많으나 가볍고 책임감 없는 바람둥이이다. 단지 유희를 즐기기 위해 약혼 사실을 알면서도 이저벨라 소프를 유혹하는 부도덕한 인물이며, 자신의 이익을 해치는 행동은 하지 않는 계산적인 성격이다. 틸니 대위가 더는 부도덕한 행동을 하지 못하게 막아달라는 캐서린의 부탁에 형의 성품을 아는 헨리는 어쩔 수 없다는 대답을 한다. 이는 틸니 대위가 습관적으로 여성을 유혹하며, 이저벨라에 대한 마음이 진심이 아님을 암시한다.

"그럼 가시라고 설득하실 거지요?"

"설득이 마음대로 될지 모르겠어요. 아니, 시도조차 하지 못하더라도 날 너무 원망하지 말아줘요. 소프 양이 약혼녀라는 사실은 진작 얘기했어요. 형은 자기가 무슨 짓을 하고 있는지 뻔히 알고 있어요. 그러니 알아서 할 거라고 생각할 수밖에요."

엘리너 틸니

이저벨라 소프와는 대조적인 성격으로, 진정한 우정을 상징하는 인물이다. 차분하고 얌전한 성품을 지녔다. 신중하고 사려 깊은 성격으로 존 소프의 계략 때문에 캐서린과의 약속이 깨진 후에도 캐서린을 성급하게 오해하지 않으며, 이유를 알아보고 판단하려 한다. 진정으로 캐서린을 걱정하고 응원하는 인물이다.

2. 《노생거 사원》의 고딕소설 패러디와 풍자 구조

① 《노생거 사원》에 나타난 소설 장르에 대한 남성의 인식

《노생거 사원》에는 당시 사람들이 소설을 어떻게 생각했는지, 제인 오스틴이 작가로서 소설을 어떻게 바라보았는지를 알 수 있는 부분이 많이 등장한다. 그 시대의 소설은 상류 계층이나 지식인 계급, 특히 남성의 시선에서 볼 때 그다지 고상한 취미나 지적인 행위로 여겨지지 않았다. 소설은 글을 읽을 수 있는 중상층 계급 여성의 취미 생활 정도로 낮게 평가를 받았다. 하지만 평가는 낮을지 몰라도 대중적인 인기는 높아 19세기 초에는 시중에 나온 도서를 도서관에서 대여할 수 있을 정도였다고 한다. 제인 오스틴의 소설에도 도서관에서 소설을 빌려 읽는 당시의 사회 문화가 나타나 있다.

"그럼, 당연하지! 어떻게 돼? 아냐 말하지 마. 안 들을래. 해골이 틀림없을 거야. 분명 로렌티나의 해골일걸! 아아, 이 책 정말 좋아. 이 책을 읽으면서 평생을 보낼 수도 있을 것 같아. 너와 만나는 일이 아니었다면 난 세상을 다 준다고 해도 책을 손에서 놓지 않았을 거야. 정말이야!"

"아이 참, 정말 고마워! 그리고《우돌포의 비밀》을 다 읽고 나면 우리 다른 소설도 같이 읽어보자. 너에게 주려고 같은 종의 소설 목록을 열 두 개쯤 뽑아놨어."

위는 고딕소설에 흠뻑 빠져있는 캐서린과 이자벨라의 대화이다. 두 여성 인물의 대화를 통해 당시 여성 독자가 얼마나 고딕소설에 흥미를 갖고 즐겨 읽었는지 알 수 있다. 물론 제인 오스틴은 당시 고딕소설이 재미만을 추구하는 허황된 허구라는 한계점을 분명히 인식하고 있었다. 그래서 이 캐서린이라는 인물을 제시할 때 여주인공감이라고는 도저히 생각하지 못했을 것이라며 당시 유행하던 고딕소설 여주인공의 모습을 전혀 따르지 않는 새로운 여주인공이라는 점을 언급한다.

또한 제인 오스틴은 앞으로 살펴볼 서술자의 개입과 인물의 대화를 통해 당시 소설을 낮게 평가하는 시선에 일침을 가한다. 소설 작가임에도 소설을 부끄럽게 여기고 낮게 평가하려는 시선을 옹졸한 관습이라며 직접적으로 비판한다.

나는 소설 작가들에게 흔히 보이는 옹졸하고도 졸렬한 관습을 택하지 않을 것이다. 바로 자신들의 일인 소설 쓰는 작업을 경멸이 담긴 비난으로 모욕하고, 작품에 가장 가혹한 형용사를 사용해 자신들의 가장 큰 적에게 힘을 실어주는가 하면, 자신의 작품 속에 등장하는 여주인공에게는 절대 소설 읽는 모습을 보이지 않게 하려는 그런 관습 말이다.

작가는 순진하고 어리숙한 캐서린을 대신하여 헨리를 통해 생각을 대변하는 모습이 많이 보인다. 캐서린은 소설 읽는 것을 부끄러워하며 남성인 헨리는 소설을 읽지 않을 것이라 생각한다. 이와 같은 생각에 헨리는 성별을 떠나 소설의 즐거움을 느끼지 못하는 것은 멍청한 일이라며 소설에 대한 긍정적인 시각을 드러낸다. 이러한 부분을 통해 《노생거 사원》은 그녀가 가진 소설에 대한 애정을 보여준다.

"책에서 읽었던 걸 말했을 뿐인걸요. 《우돌포의 비밀》에서 에밀리와 그녀의 아버지가 함께 여행하던 시골이 늘 떠오르는 거예요. 하지만 아마 당신께서는 소설을 읽지 않으시겠죠?"

"왜 그렇게 생각하시나요?"

"신사분들은 소설보다 더 훌륭한 책을 읽으시니까요. 당신께는 소설이 수준 낮게 보이지 않을까 생각했어요."

"남자든 여자든 잘 쓰인 소설에서 즐거움을 찾지 못하는 사람은 안타깝고 멍청하다고 생각합니다. 전 래드클리프 부인의 소설을 전부 읽었고, 거의 다 매우 재미있었습니다. 특히 《우돌포의 비밀》은 마지막

페이지를 넘길 때까지 손에서 놓기가 어렵더군요. 다 읽는 데 겨우 이틀밖에 걸리지 않았던 걸로 기억합니다. 읽는 내내 머리카락이 서는 느낌이었지요."

② 당시 고딕소설의 서사 구조와 내용

작중에 등장하는 앤 래드클리프의 《우돌포의 비밀》 줄거리

여주인공 에밀리는 어머니가 세상을 떠난 뒤 아버지와 피레네산맥을 지나 루실론의 지중해 연안으로 여행을 떠난다. 여행 도중 발란코트를 만나 사랑에 빠진다. 그러나 아버지마저도 세상을 떠나자, 이모인 쉐론 부인과 살게 된다. 쉐론 부인은 몬토니와 결혼하고, 몬토니는 그들을 우돌포 성으로 데려간다. 그는 재산을 넘기지 않으면 에밀리를 죽이겠다고 협박하며 그녀를 성안에 감금한다. 성안에서는 여러 가지 초자연적이고 기이한 현상들이 일어나지만, 결국 에밀리는 재산을 지키고 발란코트와 재회한다.

고딕소설은 중세적 분위기를 배경으로 공포와 신비감을 불러일으키는 유럽 낭만주의의 소설 양식이다. 18세기 후반에서 19세기 초반까지 특히 성행했으며, 고딕소설이란 명칭은 중세 건축물 특유의 폐허 분위기에서 소설적 상상력을 이끌어 냈다는 의미로 붙여진 것이다. 대부분의 고딕소설들은 잔인하고 기괴한 이야기를 통해 신비한 느낌과 소름 끼치는 공포감을 유발하는 데 주안점을 둔다. 이런 효과를 위해 비밀 통로, 지하 감옥 따위가 설치된 중세의

성이나 수도원을 주 배경으로 하며, 유령이 등장하는 불가사의하고 초자연적인 사건들을 즐겨 다루기도 한다.

고딕소설에는 주로 가녀리고 연약하며 아름다운 여자 주인공이 등장하며, 우울하고 신비로운 느낌의 고성 등이 배경이 된다. 또한 기이하고 초자연적인 현상이 일어나며, 일련의 사건에 의해 억압당하는 여성과 이를 구출하는 남성 주인공이 등장한다.

③ 고딕소설과 《노생거 사원》

《노생거 사원》의 이야기 구조는 전반부와 후반부로 구별하여 분석해 볼 수 있다. 전반부는 배스의 사교계를 중심으로 벌어지는 연애와 우정을 그리고 있고, 후반부는 내용이 전환되어 캐서린이 노생거 사원을 통해 표현하는 허구적 상상력과 틸니 장군과의 갈등을 다루고 있다.

이 중에서 특히 후반부의 내용은 당시 고딕소설을 패러디하여 풍자하고 있다는 평을 받는다. 캐서린이 고딕소설에 대해 가지고 있는 관심을 노생거 사원이라는 공간적 배경에 반영하여 실제와 허구를 구분하지 못하고 과장된 상상력을 발휘하는 모습은 독자에게 정신적 성숙이 무엇인지를 생각해 보게 한다.

소설에서는 고딕소설에 매료되어 현실 분별력을 잃어가는 캐서린의 모습을 재치 있게 풍자한다. 캐서린이 온갖 상상을 하고 긴장하며 열어본 궤짝에는 침대보가 들어있었고, 오래된 캐비닛에서 발견한 종이는 사건의 단서라고 생각해 소중하게 숨겼지만 확인해 보니 세탁소 영수증이었다. 제인 오스틴은 포기를 모르는 캐서린의 행동을 점층적으로 과장되게 표현하고, 이 과장과 대비되는 결말의 허무함 속에서 웃음을 유발하는 풍자를 의도적으로 사용한다.

음습하고 긴 통로들, 좁은 방들과 폐허가 된 예배당을 날마다 볼 수 있을 것이었다. 오래된 전설 이야기들, 상처 입고 불행해진 수녀의 참혹한 사연 같은 것들을 들을 수 있을 것이라는 희망을 완전히 품지 않을 수는 없었다.

"그럼요! 책에 나오는 것처럼 멋지고 오래된 장소 아닌가요?"

"그런데 당신께서는 책에 나오는 것 같은 그런 건물에서 생길지도 모르는 온갖 무서운 일들을 마주할 준비가 되어 있나요? 판자나 태피스트리가 스르륵 흘러내려도 동요하지 않을 만큼 심장은 튼튼하신가요?"

다른 낱장들을 싼 큰 종이는 첫머리에 "갈색 암말에 습포를 할 것"이라고 보란 듯이 쓰인 것으로 보아 말 편자공의 영수증이었다! 그녀를 기대와 경계심으로 가득하게 만들어 밤의 휴식을 절반 이상 날아가게 만든 종이 뭉치의 정체는 바로 이러했다! 그녀는 너무 망신스러운 나머지 쥐구멍이라도 찾고 싶었다.

3. 캐서린 몰런드의 자아 성장이 전달하는 메시지

캐서린은 제인 오스틴의 다른 작품 속 여주인공과 비교했을 때 가장 순진무구하고 어리숙한 인물이다. 지적인 판단 능력도 부족하고 도덕적 신념도 약하다. 특유의 솔직함도 당당함에서 나온다기보다는 무지에서 오는 자연스러움에 가깝다. 이렇듯 현실을 모르는 캐서린이 일련의 사건 속에서 현실을 자각해 가는 과정이 자아 성장을 다루고 있다는 점에서 《노생거 사원》을 성장 소설로 분류하기도 한다.

《노생거 사원》에서 보여주는 인물의 자아 성장은 한마디로 현실의 냉혹함을 직시하는 것이다. 소설을 읽다 보면 캐서린의 변화는 크지 않아 전반부와 후반부가 별다를 게 없어 보이기도 한다. 전반부에서는 우정이라는 주제를 통해 거짓된 우정과 인간 내면의 부정적인 욕망을 경험하고 진정한 우정이 무엇인지를 깨닫게 되는 캐서린의 모습이 그려진다. 처음에는 이저벨라의 거짓 애정 공세를 알지 못하고 그것을 진정한 우정이라 느끼며 거짓된 동질감에 속아 행복감을 느낀다. 타인을 쉽게 믿어버려 판단을 간과하던 캐서린은 시간이 흘러 이저벨라의 인간 됨됨이를 객관적으로 바라보게 되면서 인간관계의 부조리한 이면을 직시하게 된다.

"캐서린, 질투가 나서 견디기가 힘들어. 널 이렇게나 사랑하는 내가,

낯선 사람들 때문에 무시당하는 거잖아! 난 한번 애정을 쏟으면 정말이지 일편단심이란 말야. 내 감정은 누구보다도 강해. 너무 강한 나머지 내 마음의 평화조차 해칠 지경이지. 그런데 너와의 우정이 낯선 사람들에게 밀려나는 걸 보니 가슴이 찢어지는 것 같아. 틸니인지 뭔지 하는 사람들이 모든 걸 삼켜버리는 것 같다구."

캐서린은 이 비난 역시 몰인정하고 이상하다고 생각했다. 친구라고 해서 남이 다 알 수 있도록 자신의 감정을 드러내야만 하는 걸까? 그녀에게는 이저벨라가 자신의 만족 말고는 아무런 관심이 없는, 옹졸하고 이기적인 여자로 보였다.

며칠이 지났다. 의심하고 싶지는 않았지만, 캐서린은 친구를 자세히 지켜보지 않을 수 없었다. 그리고 그 결과는 썩 긍정적이지 못했다. 이저벨라는 사람이 달라진 듯했다. 에드거 빌딩이나 풀트니가에서 가까운 친구들에게만 둘러싸여 있을 때는 태도 변화가 아주 사소해 그 정도에서 그친다면 알아채지 못할 정도였다. 자랑하기까지 했던 멍한 정신 상태나 나른한 무심함은 실은 그동안의 이저벨라와는 어울리지 않는 것이었다.

후반부의 성장은 고딕소설 탐독에 빠져 현실 분별력 없이 허구를 찾아 헤매던 캐서린이 자신이 과한 공상에 빠졌었다는 것을 인정하고 자신의 어리석음을 깨닫는 부분에서 잘 드러난다. 제인 오스틴은 고딕소설이 불러일으킬 수 있는 과한 공상의 문제점이 무엇인지를 알려준다.

현실의 모순을 예리하게 인식한 리얼리즘 작가 제인 오스틴의 관점에서는 현실을 바라보는 통찰력을 갖는 것이 무엇보다 중요했을 것이다. 그래서 실제로 캐서린이 두려워하고 직시해야 하는 것은 틸니 장군의 미스테리한 감금 사건이 아니라, 다음으로 언급할 틸니 장군이 상징하는 가부장제의 억압이다.

소설의 후반부에 캐서린은 노생거 사원에서 생활하면서 틸니 장군이 주는 불쾌감을 정서적으로는 느끼지만 그 근본적 이유는 파악하지 못한다. 그래서 자신이 느끼는 불쾌함과 틸니 장군이 표면적으로 보여주는 자상함 사이의 괴리를 계속 이상하다고만 여기며 넘어간다. 하지만 결국 무시할 수 없는 현실의 폭력성은 캐서린이 자신의 환상을 깨자마자 들이닥친다. 자상함으로 포장된 이면의 부조리함은 결국 그 포장을 벗고 캐서린을 무자비하게 내친다.

> 소설 같은 일이 일어나고 있다는 환상은 이제 끝났다. 캐서린은 이제 꿈에서 완전히 깨어났다. 몇 번 예상이 빗나가면서 최근 자신의 공상이 심하지는 않은가 하는 의심을 하긴 했지만, 이렇게 콩깍지가 벗겨진 것은 헨리의 짧은 말 덕분이었다. 그녀는 비참해 보일 정도로 기가 죽어 통한의 눈물을 흘렸다. 스스로에 대해서만 무너진 것이 아니라 헨리에게서도 무너졌다. 범죄 수준에 가까운 것으로 보이는 자신의

어리석음이 다 드러나 버렸으니, 이제 그는 그녀를 영원히 경멸할 것이었다.

물론 소설 속에서 캐서린은 주체적인 신념을 형성하고 이성적 분별력을 갖추는 데까지 나아가지는 못한다. 하지만 일련의 사건을 통해 실제 현실이 자신이 생각하는 것만큼 이상적인 공간이 아니며, 눈에 보이지 않는 허구가 아닌 현실을 직시하는 것이 얼마나 중요한가를 깨닫게 된 것은 분명하다. 성장은 현실을 직시하는 것에서부터 시작한다. 개인을 억압하는 권력, 자신의 욕망으로 남을 속고 속일 수 있는 세태를 경험하면서 캐서린은 자신이 가지고 있던 환상을 깨고 현실이 무엇인지 자각했을 것이다.

4. 서술자의 개입, 편집자적 논평

자, 이제 우리 주인공을 잠 못 들도록 카우치에 내버려 두는 게 좋겠다. 그곳이 딱 주인공의 자리니까. 가시가 박힌 베개를 눈물로 적시며 말이다. 그리고 다음 세 달 동안 하루만이라도 편히 쉴 수 있다면 다행이라고 생각하도록 내버려 두겠다.

지금까지 독자들의 눈앞에 월요일, 화요일, 수요일, 목요일, 금요일,

토요일이 펼쳐졌다. 요일마다 사건, 희망과 두려움, 굴욕과 즐거움에 대해 이야기했다. 그리고 이제 일요일의 고통을 설명할 일이 남았다. 그것으로 한 주가 마감될 것이다.

그러나 그렇게 목사관으로 다가가는 캐서린의 속이 얼마나 쓰리든, 그 속을 묘사하는 전기 작가의 마음이 얼마나 굴욕적이든 그녀로서는 이제 가족을 만날 생각에 들뜨고 반가운 마음이 앞서는 게 사실이었다.

위의 내용을 읽어보면 이야기를 전달하는 서술자가 독자에게 직접 말을 건네는 듯한 느낌을 받게 된다. 서술자가 이야기의 전면에 자신을 내세워 작가의 생각을 그대로 노출한다.

《노생거 사원》의 문체가 세련되지 못하며 다듬어지지 않았다고 평가받는 이유는 바로 이러한 전달 방식에 있다. 이와 같은 서술방식을 문학 용어로 '서술자의 개입'이라고 한다. 서술자의 개입이란 서술자가 작품에 직접 끼어들어 자신의 목소리를 내거나 의견을 표출하는 서술 방법을 말한다. 전지적 서술자가 인물의 행동에 대해 평가한 내용이나 사건에 대한 판단 등을 작품 속에서 직접적으로 제시하는 것이다. 감정 노출, 독자에게 말 걸기, 서사의 흐름 끊기, 사건의 요약 제시 등이 서술자의 개입에 해당하는데, 고전소설에서 빈번하게 나타나는 '편집자적 논평'이 대표적인 서술자의 개입의 한 양상이다.

이와 같은 서술 방식은 우리나라 고전소설에 잘 나타나는 특징이기도 하다. 아래의 예시는 우리나라 고전소설 속 서술자의 개입을 보여주는 문장이다.

서술자가 독자에게 말을 건네는 방식의 개입

그러고는 다시 강남홍에게 달려들더니 홀연 몸을 솟구치며 말에서 떨어졌다. 어찌 된 일인지 모르겠구나. 다음 회를 보시라.

춘향의 절개를 칭찬하는 편집자적 논평

춘향의 높은 절개가 광채 있게 되었으니 어찌 아니 좋을 것인가. 어사또 남원읍의 공사를 모두 처리하고 춘향 모녀와 향단이를 데리고 서울로 길을 떠나는데, 위의가 찬란하니 세상 사람들 누가 칭찬하지 않으랴.

서술자가 작품에 중간에 갑자기 끼어들기 때문에 독자의 입장에서는 서사 중간에 맥이 끊기는 느낌이 들기도 하고, 작가가 서술자의 입을 빌려 자신의 생각을 노골적으로 전달하는 느낌 또한 받게 된다.

제인 오스틴의 다른 소설에는 서술자의 개입이 없는데, 《노생거 사원》은 그녀가 제일 처음 완성한 장편소설이기 때문에 이렇게 미성숙한 부분이 자주 등장한다. 때문에 점차 세련되고 완성도 높은 문체를 보여주는 후기 작품들을 《노생거 사원》과 비교해 보는 것도 작가와 작품을 이해하는 하나의 방법이 된다.

5. 틸니 장군을 통해 보여준 가부장제의 폭력성

틸니 장군은 분명 매력적인 남자였지만, 늘 자식들의 기를 죽였으며 혼자서만 떠들었다. 여관에서 제공하는 모든 것에 불평을 늘어놓았고, 종업원들에는 짜증을 냈다. 이런 모습을 본 캐서린은 순간순간 그가 더 두려웠고, 두 시간을 마치 네 시간처럼 길게 느꼈다. 그러나 마침내 출발 명령이 떨어졌다.

그가 힘을 주어 말할 때마다 캐서린은 몸을 부르르 떨었고, 주눅이 들어 창백해진 얼굴로 숨소리까지 죽인 채 앉아있었다. 장군의 자식들이 걱정되었고, 옛 궤짝이 원망스러웠다. 그녀를 보자 장군은 다시 정중한 태도를 보였지만, 이어서 딸을 꾸짖었다.

틸니 장군은 자신의 지위를 이용해 가정과 사회 안에서 횡포를 부린다. 틸니 장군으로 인해 다른 가족들과 주변 사람들은 항상 그의 눈치를 보며 억압을 견뎌야 하는 존재로 등장한다. 가족 내 작은 의사 결정도 민주적인 절차 없이 오로지 틸니 장군의 의사에 따라 가족들이 움직이는 모습은 21세기를 살고 있는 우리에게도 여전히 시사하는 점이 많다.

설득

Persuasion, 1817

《설득》은 제인 오스틴 소설 중 가장 원숙한 소설로 인정받고 있으며, 그녀의 사후에 출판된 작품이다. 10대 후반의 어린 시절 가족의 반대로 이별한 두 남녀가 성인이 된 후에 다시 만나 결혼에 이르게 되는 이야기를 다루고 있다. 《설득》은 제인 오스틴의 다른 소설보다도 주인공의 섬세하고 풍부한 감수성을 잘 묘사하고 있다.

1. 줄거리와 등장인물

① 줄거리

서머싯셔의 켈린치 홀에 사는 앨리엇가는 준남작의 지위를 가진 집안이다. 월터 앨리엇에게는 세 명의 딸이 있는데 순서대로 엘리자베스, 앤, 메리이다. 이 중 둘째 앤 앨리엇이 이 소설의 주인공이다. 앤 앨리엇은 어머니가 돌아가신 이후 교양 없고 가족에게 관심 없는 아버지와 언니를 뒤로 한 채, 어머니의 친한 친구인 레이디 러셀에 의지하며 성장했다.

27세의 노처녀가 된 앤은 아버지의 낭비벽으로 인해 가산이 기울어 켈린치 홀에 세입자를 두고 이사를 가야하는 상황에 처한다. 켈린치 홀의 새로운 세입자가 정해진 날에 앤은 그 세입자가 8년 전 헤어진 웬트워스 대령의 누나 부부라는 걸 알게 되고, 웬트워스와의 만남을 피하려 하면서도 그리워한다.

8년 전 앤과 웬트워스는 서로를 너무나 사랑했지만, 그가 가난하고 보잘것없는 집안 출신이라는 이유로 아버지와 레이디 러셀이 둘 사이를 반대했다. 특히 앤은 믿고 의지하던 레이디 러셀의 의견에 설득되어 그에게 헤어짐을 통보한다. 이후 웬트워스는 전쟁에서 승리하여 큰돈을 벌었고, 지위와 경제력을 갖춰 고향으로 돌아왔다.

앤은 결국 웬트워스 대령을 만나게 되지만, 그는 당시의 분노와 실망감을 여전히 가지고 있어 그녀를 차갑게 무시한다. 그리고 앤과 친인척 관계인 머스크로브 집안의 루이자와 헨리에타 자매에게 관심을 보이며 이들의 환심을 산다. 루이자와 헨리에타는 잘생기고 돈 많은 해군 대령 웬트워스를 맘에 들어하여 웬트워스의 마음을 사고자 노력한다. 앤은 실망감과 함께 그들을 지켜봐야 하는 내면의 고통을 묵묵하게 견디며 이들을 관찰한다. 그리고 때로는 여전히 앤을 신경 쓰고 배려하는 웬트워스의 모습을 보면서 혹시 모를 기대감과 좌절감으로 힘들어한다. 시간이 지나자 머스크로브 자매 중 헨리에타는 자신의 원래 애인인 가난한 부목사 찰스 헤이타에게 돌아가고, 루이자와 웬트워스의 애정 관계가 굳혀지게 된다.

그러던 중 앤은 웬트워스의 친구 하빌 대령의 초대를 받아 머스크로브 집안과 함께 하빌 대령이 사는 바스로 여행을 떠나게 된다. 그곳에서 하빌 대령 부부와 그들의 집에서 거주하고 있는 벤윅 대령을 알게 된다. 웬트워스, 하빌, 벤윅은 서로 친구 사이인데, 이 중 벤윅 대령은 하빌 대령의 여동생과 결혼을 약속한 사이였지만 여동생이 갑자기 죽는 바람에 슬픔에 빠져 하빌 대령과 함께 지내고 있었다.

바스에서의 여행이 거의 끝나갈 무렵 일행은 다 같이 방파제로 산책을 가게 된다. 그런데 방파제에서 루이자가 다른 사람들의 만류에도 고집을 꺾지 않고 위험한 행동을 하다가 추락하여 크게 다치는 사고가 발생한다. 모두가 혼란을 겪는 와중에 앤의 침착한 대응으로 사고를 처리하고, 루이자는 목숨이 위태로운 상태로 바스에 남아 병간호를 받게 된다.

이 사건 이후 웬트워스는 죄책감과 내적 혼란으로 형의 집으로 거처를 옮겨 한동안 모습을 감추게 된다. 그러던 중 앤은 새로운 인연 둘을 만나게 되는데 그중 하나는 스미스 부인이고, 또 다른 하나는 앨리엇 집안의 유산을 물려받게 될 사촌 앨리엇 경이었다. 스미스 부인은 어머니가 돌아가셨을 무렵부터 알고 지낸 오랜 사이로, 나이는 앤보다 많지만 그녀를 잘 챙겨줘 친구처럼 지냈었다. 부자와 결혼한 이후 연락이 끊겼던 스미스 부인은 현재는 죽은 남편의 낭비벽으로 인해 가난과 병까지 얻은 신세가 되었다. 또 우연히 만나게 된 사촌 앨리엇 경은 아버지가 과거 엘리자베스와 결혼시키려 한 상대로, 아버지의 초대에도 이를 무시하고 돈 많은 다른 여자와 결혼한 사람이었다. 앤은 우연히 만난 사촌 앨리엇이 자신과 앨리엇 가문에 호감을 사려는 행동을 하는 것을 의아하게 여기며 그의 진실한 인성을 면밀히 살펴보고자 한다. 그리고 한편으로는 가난하고 병든 친구를 살뜰히 챙기려는 마음을 가지게 된다.

그러던 중 루이자와 벤윅 대령의 약혼 소식이 전달되면서 이야기는 급격하게 전환된다. 루이자와 벤윅 대령은 너무나 다른 성격과 가치관을 지녔음에도 불구하고, 서로 몸과 마음이 약해진 상태에서 병간호라는 특수한 상황으로 인해 애정이 싹튼 것이다. 앤은 루이자와 결혼하려던 웬트워스가 실망했을 거라 생각했지만, 예상 외로 담담한 웬트워스의 태도에 사실은 그가 자신을 잊지 못한 것이 아닐까 하는 기대감을 가진다. 그리고 다시 만난 웬트워스가 이전과는 다르게 자신에게 관심과 애정이 담긴 행동을 보이는 것을 파악하고 사랑의 감정을 느끼며 기뻐한다. 그런데 웬트워스는 앤에게 접근하는 앨리엇 경과 그런 앨리엇 경을 좋아하는 앤의 주변 사람들로 인해 자신의 마음을 표현하지 못하고 소극적인 모습을 보인다. 특히 레이디 러셀은 앨리엇 경과 앤이 결혼하길 바라며 둘 사이를 적극적으로 지지한다. 그러나 과거와 달리 앤의 마음은 흔들리지 않는다. 앤이 보기에는 앨리엇 경은 진실된 사람이 아니라 신뢰할 수 없을뿐더러, 앤은 그에게 이성적인 끌림이 전혀 생기지 않았다. 앤이 사랑하는 사람은 웬트워스뿐이었다.

그리고 이런 앤의 판단을 뒷받침해 주는 근거가 생긴다. 바로 스미스 부인이 앨리엇 경의 추악한 인성을 폭로한 것이다. 사실 스미스 부인은 이전부터 앨리엇 경을 알고 지냈는데, 남편의 지인이었던 앨리엇 경은 과거 앨리엇 가문을 조롱하고 경멸했으며 돈밖에 몰라 스미스 부인 남편의 재력을 이용했다. 또한 남편이 죽자 스미스 부인의 도움 요청을 모두 거절하고 인연을 끊었다. 앨리엇 경은 이젠 나이가 들어 앨리엇 가문의 준남작이라는 지위가 필요해져 앨리엇 가문에 접근한 것이었고, 월터 앨리엇과 재혼해 신분 상승을 꿈꾸는 클레이 부인을 제거하기 위해 혈안이 되어 있었다.

모든 사실을 알게 된 앤은 머스크로브가에서 하빌 대령과 웬트워스를 만나게 된다. 하빌 대령은 벤윅과 루이자의 결혼으로 인한 상실감으로 남녀의 애정을 주제로 앤과 대화를 나눈다. 남녀 중 어느 쪽이 더 변치 않는 애정을 유지하느냐를 두고 두 사람의 의견이 다른데, 이 대화로 앤은 여성이 상대방과의 인연이 끊어져도 더 오래 사랑하는 마음을 지니고 있다며 자신의 기다림을 간접적으로 표현한다. 이 대화를 듣고 있던 웬트워스는 자신의 마음을 표현할 결심을 하게 되고 자신이 앤을 사랑하고 있음을 적극적으로 표현한다. 서로의 마음을 확인한 둘은 결국 주위의 인정과 지지를 받고 결혼에 성공하게 된다.

② 등장인물

앤 앨리엇

타인에 대한 인간적 애정을 지닌 따뜻하고 다정한 성격이며, 교양

있고 판단력을 갖춘 지성인이다. 특히 앨리엇 가문에서 유일하게 지위보다 사람의 인간성에 관심이 있으며 자신의 신중한 판단을 믿고 주변 의견에 휘둘리지 않는 주체적인 여성이다.

월터 앨리엇: 앤 앨리엇의 아버지

작품에서 풍자의 대상이 되는 인물이다. 지위와 외모에 대한 허영심이 심해 준남작이라는 자신의 지위에 집착하고, 외적으로 보여지는 아름다움에만 신경을 쓰다가 결국 가정을 가난하게 만든다. 남들의 이목과 사치에만 관심이 있으며 자신의 가족들에게 애정이 없다.

"해군이라는 직업이 쓸모 있는 면이 있긴 하지. 그렇지만 내 지인이 그 직업을 가졌다면 난 탐탁잖을 것 같군."

"그런 생각을 하시는 줄 몰랐어요."

앤이 놀란 표정으로 대답했다.

"사실이야. 두 가지 이유가 있지. 첫째, 미천한 집안에서 태어난 사람들이 그 직업으로 인해 부당하게 출세를 할 수 있다는 점. 그러니까 아버지 대나 할아버지 대에는 감히 꿈도 꾸지 못했을 지위로 올라갈 수 있기 때문이야. 둘째, 그 직업은 젊음과 활력을 아주 심하게 소모한다는 거지. 해군은 평범한 사람들보다 훨씬 빨리 늙어."

엘리자베스 앨리엇: 앤 앨리엇의 언니

아버지와 비슷한 성격을 가졌으며 자신의 아름다운 미모에 대한 허영심이 있지만, 동시에 나이 많은 노처녀라는 열등감을 가지고 있다. 앤과 달리 결혼을 하지 못할까 봐 전전긍긍하며 지성이나 예의범절과 같은 교양은 갖추지 못한 인물이다.

메리 앨리엇: 앤 앨리엇의 여동생

언니가 청혼을 거절한 찰스 머스그로브와 결혼하여 아버지가 원하는 사회적 지위를 얻는 데 성공한 인물이다. 외모가 다른 언니들에 비해 떨어지며, 교양이 없고 매사 타인에게 의존적이며 거만하다.

> 주변의 보살핌을 받을 때는 활기가 넘쳤지만, 조금이라도 거슬리는 일이 생기면 완전히 가라앉아 버렸다. 혼자 있는 시간을 견디기 힘들어했고, 아버지로부터 앨리엇 가문 출신으로서의 자부심을 상당하게 물려받아 조금이라도 마땅찮은 일이 있으면 자신이 무시당했으며 부당한 취급을 받고 있다고 여겼다.

레이디 러셀

앨리엇가 세 자매 중 앤을 가장 사랑하며 그녀가 진심으로 잘 되기를 바라는 인물이다. 따뜻한 마음씨와 교양을 갖추었지만 사회적 지위에 대한 편견으로 사람의 인성보다는 신분을 근거로 사람을 평가하는 단점을 지녔다. 앤과 친분이 두터워 서로 의지하는 관계로, 과거 19세이던 앤의 결혼 결심을 반대해 앤을 설득하는 데 성공했다.

> 그녀는 너그럽고 마음 넓은 여인으로, 주변 사람들을 사랑으로 대했다. 또한 행실이 바르고 예의에 엄격했으며 태도가 훌륭하여 모범적인 가정 교육을 받았다는 것을 한눈에 알아볼 수 있었다. 교양이 넘쳤으며, 대체로 합리적이며 일관된 성격을 가지고 있는 여성이었다. 하지만 가문을 중요시하고 그에 대한 편견을 가지고 있어 신분과 지위에 가치를 두었기 때문에 그것을 소유한 사람들의 잘못은 어느 정도 모른 체하는 경향이 있었다.

웬트워스 대령

자신이 하는 일에 강렬한 열정을 가진 솔직하고 활동적인 인물이다. 낙천적이며 추진력 있는 성격을 지녔다. 자신의 감정에 솔직하지만 자존심과 고집이 있어, 자신과 헤어진 앤과 앨리엇 가문에 대한 부정적인 감정을 숨기지 않는다. 하지만 자신이 여전히 앤만을 좋아하고 있고, 앤 역시 자신을 좋아하고 있다는 것을 알게 되자마자 그 자리에서 앤에게 뜨거운 사랑 고백을 담은 편지를 써서 전달하는 적극적인 모습을 보인다.

앨리엇 경: 앨리엇 가문의 재산을 물려받을 앤의 사촌

세속적인 욕심밖에 없으며 이기적이고 비열하다. 자신의 목표를 달성하기 위해 남을 이용하는 부도덕한 인물이다.

앨리엇 씨는 합리적이고 신중하며 세련됐지만, 솔직한 사람은 아니었다. 다른 사람의 어떤 행동에 대해서도 분노하거나 기뻐하는 등 감정을 자연스럽게 표현하는 모습을 한 번도 보여준 적이 없었다. 앤에게는 이 모습이 그의 결정적인 흠이었다. 첫인상은 쉽게 변하지 않았다. 그녀는 솔직하고 열정적인 모습을 그 무엇보다 높게 평가했으며, 여전히 열렬함과 열정에 마음이 갔다. 앨리엇 씨는 지나칠 정도로 모두에게 다정했다. 아버지의 집에 살고 있는 사람들은 모두 성격이 달랐지만, 그의 행동은 그 모두에게 좋은 평을 받았다. 모든 사람을 지나칠 정도로 잘 받아주고 참아주었다.

클레이 부인

못난 외모에 지위가 낮으며 목표를 위해 타인에게 자신의 감정을 숨길 줄 아는 의뭉스러운 성격이다. 월터 앨리엇 옆에서 집안일을 도와주며 그와 결혼해 신분을 높이려는 야욕을 가진 인물이다. 앤은 이를 경계하지만 정작 월터 앨리엇과 엘리자베스는 이를 눈치채지 못한다. 후에 앨리엇 경의 꾐에 넘어가 앨리엇이 자신을 좋아한다고 생각해 그를 믿고 도망가 버린다.

루이자 머스크로브: 찰스 머스크로브의 누이동생

소설 속에서 앤과 대조적인 성격 유형을 보여주는 인물이다. 당차고 솔직하며 대담해 보이는 모습을 지녔다. 앤과 달리 누가 뭐라해도 자신의 생각대로 밀고 나가는 성격으로 웬트워스 대령의 호감을 산다. 웬트워스는 앤이 자신과 이별한 이유가 다른 사람의 말에 끌려다니는 우유부단함 때문이라고 판단했기 때문에 이와 반대인 루이자에게 매력을 느낀다. 하지만 이야기 전개 과정에서 무모하고 고집스러운 루이자로 인해 오히려 웬트워스는 앤의 진가와 자신의 진짜 마음을 알게 된다.

"그래서 제가 가라고 설득한 거예요. 그렇게 말도 안 되는 이유로 겁을 먹고 가지 않는 건 정말 참을 수 없어요. 세상에! 제가 이미 하기로 결정한 일, 옳은 일임을 확신하는 일을 다른 사람의 거만한 태도와 방해 혹은 다른 어떤 이 때문에 포기한다고요? 아니요! 저는 절대로 그렇게 쉽게 설득당하지 않을 거예요. 결심을 하는 순간 이미 결정은 내려진 거예요. 헨리에타는 오늘 윈스럽을 방문하기로 완전히 결심했었어요. 그런데도 다른 누군가의 말을 들어주기 위해 그 결심을 거의 포기할 뻔한 거잖아요!"

앤은 생각해 보았다. 루이자는 단호한 성격이 항상 좋은 결과만을 낳는다고 생각했었다. 이번 일을 통해 그런 자신의 견해가 과연 옳은 것이었는지 의문을 갖게 되었을까? 그리고 다른 모든 정신적인 면들도 그렇듯이 단호함에도 정도와 한계가 있다는 것을 알게 되었을까? 때로는 다른 이의 설득을 받아들일 줄 아는 것이 단호함만큼이나 우리의 행복에 보탬이 되다는 사실을, 이번에는 그녀가 느끼지 않을 수 없으리라고 앤은 생각했다.

2. 《설득》에 드러나는 섬세한 감수성

《설득》을 읽는 묘미는 아마 앤이 사랑하는 웬트워스를 향해 느끼는 감정의 다양한 묘사일 것이다. 《설득》이 제인 오스틴의 작품 중에서 가장 원숙하다고 평가받는 이유도 그녀의 다른 소설과 같이 남녀의 사랑이라는 주제를 다루고 있지만, 그중에서도 여주인공의 풍부한 감수성을 잘 담았기 때문이다. 《설득》은 여주인공의 감정선을 자연스럽게 따라가면서도 깊이 있는 공감을 이끌어 낸다. 특히 과거에 헤어졌다가 다시 만난 남자와 여자라는 특수한 상황에서 여성만이 느낄 수 있는 감정의 포착이 탁월하다.

예를 들면 상대방을 다시 만날 수도 있다는 것을 알게 되어 간절한 그리움과 호기심을 느끼면서도 동시에 피하고 싶은 마음에서 발생하는 내적 갈등, 만난 직후 세월에 변해버린 자신의 모습을 보고 그가 실망할까 두려운 불안감, 결국 그에게 변했다는 말을 듣는 순간 느끼는 굴욕감과 초라함, 하지만 이내 차라리 얼른 마음을 정리할 수 있겠다며 스스로를 다독이는 모습까지도 놓치지 않고 생생히 소설 속에서 묘사된다.

또한 상대방의 작은 말과 행동도 놓치지 않고 관찰하여 의미를 부여하며 일희일비하는 여주인공을 통해 누군가를 좋아하면 자연스럽게 드러나는 순수한 사랑의 감정을 느낄 수 있다. 여주인공의 섬세한 감정 묘사를 놓치지 않고 공감하며 읽는다면 간접경험을 통해 독서가 한층 즐거워질 수 있다.

'알아보지 못할 만큼 변했다고?'

앤은 밀려오는 굴욕감을 애써 삭였다. 그 말은 사실일 것이다. 그녀로서는 복수도 생각하지 못할 말이었다. 그는 변하지 않았으니까, 아니 적어도 모습이 나빠지지는 않았으니까. 그를 보자마자 그런 생각을 했었다.

너무 변해서 알아보지 못할 뻔했다는 그의 말은 앤이 쉽게 떨쳐내기 어려운 것이었다. 하지만 그녀는 곧 그 말을 듣게 되어 다행이라고 생각했다. 그 말이 냉정을 되찾는 데 도움을 주었기 때문이다. 동요하는 마음을 가라앉히고 침착함을 되찾아 결국에는 지금보다 더 행복한 삶을 살게 할 테니.

그녀는 마차에 앉아 느끼고 있었다. 그가 자신을 그곳으로 데려다주었으며, 그것은 그의 의지였다. 그가 자신이 피로한 것을 눈치채었고, 쉬게 하려 한 덕분에 거기 있게 되었다. 이 모든 행동이 그녀에 대한 그의 마음을 분명하게 알려주었다. 가슴 깊이 느낄 수 있었다. 이 작은 사건이 먼저 있었던 모든 일의 완성인 것만 같았다. 그녀는 그를 이해할 수 있었다. 그는 그녀를 용서할 수는 없었지만 그렇다고 냉정하게 굴지도 못했다. 과거에 있었던 일로 그녀에 대한 원망, 분노, 억울함을 품게 되었으면서도, 또 그녀를 전혀 염두에 두지 않고 다른 여자와 점점 가까워지고 있었으면서도, 힘들어하는 그녀를 보니 돕고 싶은 마음을 억누르지 못한 것이다. 그것은 과거에 있었던 감정의 잔재였다. 그는 인정하지 않았지만 순수한 우정에서 나온 충동적 행동이었다. 따뜻하고 다정한 그의 마음씨를 보여주는 증거였다. 이런 생각을 하며 그녀는 기쁨과 고통을 동시에 느꼈다. 어느 쪽 감정이 더 큰지 알 수 없었다.

"에드워드의 집에서 6주를 보냈소." 그가 말했다. "그리고 형이 행복하게 지내는 모습을 보았지. 그것 말고는 다른 어떤 즐거움도 느끼지 못했고, 그럴 자격도 없었소. 형은 당신에 대해 내게 물었지. 당신의 모습이 얼마나 변했는지까지 물었소. 내 눈에는 절대 그럴 수 없다는 건 전혀 짐작도 못하고 말이오."
앤은 미소로 넘어가기로 마음먹었다. 그건 너무나 즐거운 실수라 탓

할 수가 없었다. 스물여덟 살의 여자가 젊었을 때의 매력을 잃지 않았다는 말을 듣는 것은 그것만으로도 기분 좋은 일이었다. 하지만 그 칭찬의 가치는 그가 전에 했던 말과 비교해서, 그리고 그것이 그의 애정 부활의 원인이 아니라 결과임을 알기 때문에 뭐라 말할 수 없을 정도로 큰 것이었다.

3. 풍자로 되돌아보는 인간의 진정한 교양

제인 오스틴은 소설에서 영국 사회의 다양한 모순을 풍자한 것으로 잘 알려져 있다. 풍자란 인간이나 사회가 가지고 있는 모순, 부조리 등의 부정적인 측면을 간접적으로 비판하는 문학 표현 방식이다. 과장, 비꼬기, 왜곡 등의 방법을 사용하여 대상의 부조리함을 일부러 부각하여 우스꽝스럽게 만든다. 이러한 희화화를 통해 대상에게 동정을 유발하는 해학과는 달리 비판적 웃음을 유발하게 된다.

제인 오스틴은 격변하는 시대 변화 속에서 지배 계급이 자신의 계급을 유지하기 위해 만들어 놓은 사회제도의 모순, 사회적 지위에 걸맞지 않은 인성을 가진 상류 계급 사람들, 남성 중심 사회에서 소외되는 여성의 권리 등을 가정이라는 공간을 통해서 풍자하고 있다.

제인 오스틴이 독자에게 끊임없이 질문하고 생각하게 하는 내용은 아마 인간성, 즉 '인간이 갖춰야 할 진정한 교양은 무엇인가?'일 것이다. 제인 오스틴은 소설이라는 문학 장르를 통해 계급, 성별, 연령을 막론하고 사람으로 갖춰야 할 인간 됨됨이는 무엇인가를 풍자라는 기법으로 탁월하게 보여준다. 특히 《설득》은 월터 앨리엇을 통해 인성을 갖추지 못했음에도 준남작의 지위를 가졌다는 이유로 다른 사람들에게 대접받고 지위에 따라 사람을 무시하는 태도를 풍자함으로써 사회적 지위의 의미를 다시 생각해 보게 한다.

《설득》은 월터 앨리엇의 취미에 대한 내용으로 시작한다. 소설의 첫 부분은 전체 이야기에서 매우 중요한 상징적 역할을 할 뿐만 아니라 독자에게 강렬한 인상을 준다. 준남작의 지위를 갖춘 그의 취미는 다름 아닌 독서인데, 그 독서의 종류가 오직 준남작 명부라는 과장과 비꼬기가 유발하는 웃음은 이 소설의 메시지를 뚜렷하게 나타낸다.

자신의 사회적 지위가 얼마나 훌륭한지를 끊임없이 확인하고 여기서 행복감을 느끼는 월터 앨리엇을 통해 역으로 우리가 그토록 원하고 맹신하는 높은 사회적 지위라는 것이 얼마나 보잘것없는 껍데기인지를 보여준다. 오히려 그가 경시하는 해군이라는 직업을 가진 인물이 더욱 훌륭한 인성을 갖춘 것으로 등장하는 것도 같은 맥락이다. 《설득》에서는 해군이라는 직업군이 중요한 역할을 하는데 웬트워스, 하빌, 크로프트 제독, 벤윅 등 다양한 인물들이 보여주는 인간성은 준남작의 지위를 가진 월터 앨리엇보다도 훨씬 뛰어나다. 물론 개개인의 성격적 결함은 있지만 적어도 월터 앨리엇과는 다르게 솔직하며 지성을 갖췄고, 따뜻한 인간미를 보여주기도 한다.

> 서머싯셔의 켈린치 홀에 사는 월터 앨리엇 경은 책이라고는 준남작 명부만 읽는 사람이었다. 그 명부를 읽으면 한가로운 시간이 쉬이 흘러갔고, 좋지 못했던 기분도 스르르 풀어졌다. 제한된 형태이기는 했지만, 남아있는 오래전 조상들의 훌륭한 작위를 하나하나 들여다보고 있으면 감탄과 존경의 마음이 저절로 들었다. 그리고 일상에서 느끼던 달갑지 않은 감정들도 자연스레 연민으로 변했다. 하지만 지난 세기에 만들어진 작위들로 가득한, 끝없이 이어지는 책갈피를 넘기다 보면 가끔 모든 게 다 그저 그렇게 느껴지기도 했다. 그는 그럴 때 자기의 약력을 읽었다. 자기 약력을 읽으면서 흥미가 떨어진 적은 단 한 번도 없으니 말이다.

보통 제인 오스틴의 소설 속 풍자는 중상층 계급이 가진 무교양을 대상으로 한다. 계급 의식으로 인한 차별적 시선, 오만함과 거만함, 실제와 다른 거짓 교양, 속물적 근성 등이 그것이다. 하지만 제인 오스틴은 중상류층의 무교양만을 비판하지는 않았다. 드물

기는 해도 《맨스필드 파크》의 패니 프라이스의 집안처럼 하층민들이 보이는 교양 없는 행동도 비판하고 있다.

《맨스필드 파크》에서 집을 그리워하던 패니 프라이스는 거친 욕설이 난무하고 예의를 모르는 몰상식한 가족들의 행동에 크게 실망한다. 이들에게는 가난으로 인해 마음의 여유가 없을뿐더러 자매끼리 누가 더 비싼 식기를 사용하는지를 두고 싸우는 등 우아한 매너라고는 찾아볼 수 없다.

이를 통해 제인 오스틴은 지위를 막론하고 인간이라면 갖춰야 할 교양과 지성이 인간의 품위에 얼마나 중요한 요인인지를 말하고 있다. 그리고 현재에도 사람을 학벌, 재산, 직업으로 평가하는 우리에게 진정으로 갖춰야 할 인간성이란 무엇인가를 되돌아보게 한다.

집 안의 문이란 문은 전부 다 열려있어서 층계를 오르내리며 서로를 쫓다가 뒹굴고 고함을 지르는 샘과 톰, 찰스가 만들어내는 더 큰 소음에 묻힐 때 말고는 3층에서 나는 소리가 거실까지 똑똑히 들려왔다. 반 시간 가까이 지나 이런 생각이 흐트러진 것은 딱 한 번 아버지가 갑자기 고함을 쳤을 때인데, 그다지 듣기 좋은 소리는 아니었다. 복도를 뛰어다니며 난리를 치는 소리가 도를 넘어서자 아버지가 버럭 소리를 지른 것이었다. "저놈의 강아지 새끼들을 안 잡아가고 귀신은 뭘 하는 거야!"

4. 작품을 비평하는 네 가지 관점

문학작품을 감상하고 평가하는 관점은 크게 네 가지로 나눌 수 있다. 반영론, 표현론, 효용론, 구조론이 그 구체적인 방법이다. 다양한 관점이 있음을 이해하고 독서 이후에 작품을 평가하는 데 이를 적용한다면 작품을 더 깊이 있게 이해할 수 있다. 여기에서는 앞에서 언급한 네 가지 관점에 대해 알아보고, 각각의 관점을 적용하면 《설득》을 감상하며 어떤 질문을 할 수 있을지 생각해 보려 한다.

① 반영론

반영론은 작품과 현실 세계의 관계에 중점을 두고 작품을 바라보는 관점이다. 작품이 현실을 반영하는 거울과 같다고 생각하기 때문에 창작 당시의 시대적 배경을 작품에서 어떻게 구현하고 있는지가 중요하다. 이 관점에서는 "당시 해군의 사회적 위치는 어떠했으며, 준남작이라는 지위는 어떤 영향력을 가졌을까?"라는 질문을 해볼 수 있다.

② 구조론

구조론은 내재적 비평이라고도 한다. 작품과 다른 외부 요인과의 관계성에서 벗어나 작품 그 자체만을 두고 분석하는 관점이다. 작품의 구조, 시점, 서술자, 인물의 유형 등을 기준으로 작품을 평가하는 것이다. 이 관점에서는 "《설득》을 로맨스 소설(신데렐라 구조)과 비교했을 때, 앤이라는 여성 인물은 어떤 차별성을 갖는가?"와 같은 질문을 할 수 있다.

③ 표현론

표현론은 작품과 작가의 관계에 중점을 두고 작품을 바라보는 관점이다. 작가가 자신의 감정이나 생각을 표현한 것이 바로 작품이기 때문에 작가의 생애와 성장 과정, 내면세계, 체험과 사상 등을 작품 해석의 중요한 근거로 삼는다. 이 관점에서는 "주변의 반대로 헤어진 작가의 첫 번째 연애가 이 소설 창작에 미친 영향은 무엇일까?"와 같은 질문을 해볼 수 있다.

④ 효용론

효용론이란 문학 작품이 독자와의 관계에서 어떤 의미와 가치를 가지느냐를 두고 평가하는 관점이다. 문학 작품은 읽는 독자에게 다양한 방식으로 영향을 미치는데, 그 영향을 크게 분류하면 정서적 즐거움과 도덕적 교훈이다. 따라서 이 관점에서는 "나는 작품의 어느 지점에서 재미를 느꼈으며, 그 이유는 무엇일까?", "이 작품을 읽고 나서 내 삶에 적용해 볼 수 있는 교훈은 무엇일까?" 등의 질문을 해볼 수 있다.

앤과 하빌 대령은 남녀의 애정과 애정의 지속을 주제로 서로의 생각을 주고받는다. 둘의 대화는 이를 엿들은 웬트워스가 자신에 대한 앤의 마음을 확신하게 하는 장치인 동시에 제인 오스틴이 생각하는 남녀 사랑의 차이를 보여주는 흥미로운 부분이다.

앤은 남자와 여자 모두 서로를 사랑하고 그리워하는 감정은 같을지 몰라도 상대를 잊는 부분에서는 차이가 있을 수밖에 없다고 이야기한다. 그리고 이는 남녀의 사회적 활동 차이에 그 이유가 있다고 설명한다. 남성은 외부 활동이 활발하여 내적 감정을 혼자 끌어안고 있는 시간보다 일과 대인 관계를 통해 상대적으로 이별의 상실감을 잊을 수 있는 환경인 데 비해, 여성은 가정에서 단절된 상황에 놓이기 때문에 이별의 상실감을 쉽게 떨쳐버리기가 어렵다는 것이다.

이에 하빌 대령은 남성이 느끼는 사랑의 감정이 더욱 강렬하기 때문에 그만큼 변하기 어렵다고 반박한다. 하지만 앤은 강렬하다는 것이 꼭 오래 지속된다는 것이 아니며, 남자의 강렬한 감정은 목적과 그 대상이 있을 때 유지되는 경향이 있다고 설명한다. 하지만 여성의 감정은 목적, 대상과 상관없이 유지되기에 상대방과의 희망이 없을 때에도 지속된다고 이야기한다.

이런 생각의 차이는 작품에서 앤과 웬트워스의 행동으로 연결

된다. 앤은 헤어진 이후 웬트워스를 잊지 못하고 있었으며 다시 만나 상대방이 자신에게 관심이 없음에도 웬트워스만을 사랑한다. 반면 웬트워스는 다시 만난 앤에게 관심을 가지지 않다가 일련의 계기로 상대방에 대한 애정을 다시금 느끼고, 상대방이 자신에게 맘이 있음을 확인하게 된 직후 자신의 강렬한 애정을 주체하지 못하고 그길로 앤에게 마음을 고백한다. 두 남녀 주인공의 모습과 작품 속 대사들을 통해 제인 오스틴은 자신이 생각하는 남녀 간의 사랑과 이별의 차이를 우리에게 보여준다.

"여자는 남자가 여자를 잊는 것만큼 빨리 남자를 잊지 않아요. 그건 여자들의 장점이라기보다는, 아마도 운명일 거예요. 어쩔 수 없는 거예요. 대부분의 여자들은 집에 조용히 갇혀 지내니까 감정에 쉽게 휘둘리지요. 반면 남자들은 활동을 해야 하잖아요. 각자 직업에 따라 추구하는 일을 좇아 곧바로 세상으로 돌아가고, 일에 집중하며 시간을 보내고 변화를 겪다 보면 감정은 자연스레 사그라드는 법이지요."

"아니에요, 그렇지 않습니다. 그게 남자의 본성이라고 할 수는 없지요. 자신이 사랑하는, 혹은 사랑했던 사람을 잊고 마음을 바꾸는 것이 여자의 본성이 아니라면 그것이 남자의 본성이라고도 할 수 없습니다. 저는 오히려 반대라고 생각해요. 저는 육체의 골격과 정신적 골격 사이에 진정한 유추가 성립된다고 믿습니다. 남자는 여자보다 육체가 강한 만큼 감정도 강합니다. 그래서 험한 취급을 당하더라도 감당할 수 있고, 아주 사나운 날씨도 견딜 수 있다는 말입니다."

"제가 만일 진실한 애정과 충실성을 여자만의 감정이라고 감히 주장하는 거라면, 저는 비난받아 마땅할 겁니다. 하지만 아니에요. 저는 남자도 결혼 생활에서의 모든 위대하고 좋은 일들을 모두 할 수 있다고 믿고 있어요. 목적이 있다면 남자들도 얼마든지 노력하고 헌신하면서 가정적 관용을 베풀 능력이 있습니다. 단 남자가 사랑하는 여자가 옆에 있고, 또 그 남자를 위해 살고 있다면 말입니다. 제가 주장하는 남자와 여자의 다른 점은, 남자와 달리 여자는 상대나 희망이 사라진 뒤에도 오래오래 사랑한다는 것입니다."
앤은 말을 더 잇지 못했다. 가슴이 너무 북받쳐서 숨이 막히는 것만 같았다.

책 제목인 '설득'은 표면적으로 해석하면 '젊은 시절 이별의 원인은 앤이 레이디 러셀의 설득에 넘어간 것'이라는 뜻이다. 그런데 소설에서 앤은 그때의 자기 행동이 옳지 않았다거나 나쁜 결과를 가져왔다고는 생각하지 않는다. 자신이 남에게 설득당해 잘못된 선택을 한 것이라고 생각했다면, 자책하거나 후회하는 모습을 보였을 것이다. 하지만 앤은 그렇지 않았다. 오히려 결혼을 진행했다면 자신이 더 불행했을 것이라고 생각한다. 이 말은 '설득'이라는 제목이 단순히 표면적으로 앤과 웬트워스의 이별이 주위의 반대를 이겨내지 못한 것임을 보여주는 것이 아니라는 뜻이다. 더욱이 소설의 끝 무렵에 등장하는 서술자의 말은 이러한 내용을 뒷받침해 준다. 서술자는 남녀가 마음만 먹는다면 그 조건이나 결과가 어떠한가에 상관없이 결혼은 할 수 있다고 이야기한다.

그렇다면 제인 오스틴이 앤과 웬트워스로 보여주고 싶었던 행복한 결혼의 의미는 무엇일까? 왜 두 사람의 사이를 방해하는 주변 인물들로 인해 헤어지게 만들었을까? 단순히 경제적인 능력이 부족한 남자를 반대했다가 부유해져서 돌아오니 행복하게 결혼할 수 있었다는 속물적인 이야기나, 서로를 잊지 못하던 두 남녀의 애절한 순수 로맨스를 보여주고 싶었던 걸까?

《설득》은 주위에서 반대하는 결혼이 왜 불행한 결과를 가져오는 것인가에 대한 작가의 생각을 보여준다. 반대의 이유는 물론 다양하겠지만, 여기서는 상대의 인격적 결격 사유가 없음을 전제로 하고 생각해 보자. 주위에서 반대하는 결혼이 불행해지는 원인은 주변이 아닌, 실제로는 스스로가 그 결혼에 대한 확신이 부족하거나 주변의 반응에 휘둘리게 될 정도로 미성숙하기 때문이다. 앤이 어린 나이에 레이디 러셀의 의견을 따랐던 것은 자신의 결혼에 대한 확신이 부족했기 때문이다. 사실 어린 앤은 가족들이 보일 멸시와 그로 인해 상처받을 웬트워스, 주변에 인정받지 못한다는 수치심 등을 감당할 수 없었던 것이다. 그래서 소설에서는 자신을 위해서가 아니라 웬트워스를 위해서라도 결혼을 포기해야겠다는 앤의 내적 심리가 서술된다. 주위의 반응에 아랑곳하지 않고 결혼을 밀고 나가려 했던 웬트워스를 위해서 결혼을 포기했다는 표현은 아이러니하지만, 앤은 결혼 이후 주변의 반응에 힘들어질 웬트워스를 지켜볼 자신이 없었을 것이다.

연애 상담 중에 이런 종류의 고민이 있을 것이다. '주변에서 반대하는 결혼을 해야 할까요?' 이런 질문 속 깊이 숨어있는 불안감의 이유가 어디 있는 것일까? 단지 표면적으로 주위의 반대에 있는 것일까, 아니면 그러한 반대를 이겨낼 만한 확신이 없는 자신에게 있는 것일까? 이런 고민에 대해 제인 오스틴은 《설득》을 통해 메시지를 전달하고 있다. '자신의 의지만 있다면 결혼은 할 수 있다. 하지만 다른 누군가가 아니라 자기 스스로를 설득할 수 없는 결혼은 행복하기 어려울 것이다.'

"예전 일에 대해 곰곰이 생각해 보며 뭐가 옳고 그른 것이었는지, 그러니까 제가 했던 행동에 대해 공정하게 판단해 보려고 했어요. 결론은, 저의 행동 때문에 많이 괴로웠던 건 사실이지만 그게 맞았다고 생각해요. 제게는 부모님이나 마찬가지인, 그리고 앞으로 더 알게 되면 당신도 좋아하게 될 그 어른의 충고를 따른 것이 그때는 옳은 행동이었어요. 하지만 오해하지 않으셨으면 해요. 그분의 충고가 옳았다는 게 아니에요. 아마도 결과만이 그것이 옳은 충고였는지 아닌지 말해 줄 수 있는 그런 경우가 아니었을까요? 그리고 저라면 그때와 비슷한 상황에서도 그분과 같은 충고를 하지는 않았을 거예요. 하지만 그럼에도 제가 그분의 충고를 따른 것을 옳은 일이라고 생각하는 이유는, 만약 그러지 않았더라면 약혼을 포기했을 때보다 그걸 지속했을 때 더 마음이 아팠을 것 같기 때문이에요."

그다음 일어난 일에 대해서는 누가 의심할 수 있을까? 젊은 남녀가 결혼을 하고자 마음먹으면 무모하든, 가난하든, 각자가 생각하는 궁극적인 행복에 서로가 별로 도움이 안 되든 끈기로 그 결혼을 성사시키고야 만다. 이것이 이야기를 마무리 짓는 교훈으로는 어떨지 모르겠지만, 나는 그것이 진실이라 믿는다.

세계문학을 읽다 1

제인 오스틴을 읽다

1판 1쇄 발행일 2022년 5월 9일

지은이 천민진

발행인 김학원
발행처 (주)휴머니스트출판그룹
출판등록 제313-2007-000007호(2007년 1월 5일)
주소 (03991) 서울시 마포구 동교로23길 76(연남동)
전화 02-335-4422 **팩스** 02-334-3427
저자·독자 서비스 humanist@humanistbooks.com
홈페이지 www.humanistbooks.com
유튜브 youtube.com/user/humanistma **포스트** post.naver.com/hmcv
페이스북 facebook.com/hmcv2001 **인스타그램** @humanist_insta

편집책임 문성환 **편집** 윤무재 **디자인** 이수빈
용지 화인페이퍼 **인쇄** 청아디앤피 **제본** 민성사

ISBN 979-11-6080-837-7 44800
979-11-6080-836-0 (세트)